後宮の男装妃、
髑髏を壊す

佐々木禎子

双葉文庫

後宮の男装妃、髑髏を壊す

前章

黄ばんだ風が、高義宗帝《こうぎそう》の後宮《こうきゅう》の、御花園《ぎょかえん》に咲き誇る花をゆらゆらと揺らしている。

空は、舞い上がる砂塵《さじん》のせいで埃《ほこり》っぽい青だ。

御花園に植えられたとりどりの菊も大麗花《ダリア》も、小型の愛玩犬を抱いて散策する淑妃《しゅくひ》と彼女に仕える宮女たちも、後宮を取り囲む高い塀も、陽光をはね返しきらきらと輝く王城の瑠璃《るり》色の屋根も、すべての光景の色と輪郭を砂と風が曖昧《あいまい》に溶かす。

華封《かふう》の国——南都《なんと》の秋はいつも、こうだ。

他の時期も常に砂混じりでざらついているが、秋の風は、特にひどい。

季節風が砂丘の砂を運び、なにもかもを枯れた色にしてしまう。

けれどそんな風を、

「いい風ね」

と、評し、淑妃は懐に狆《ちん》を抱えて、御花園沿いの石畳を散策していた。

淑妃の名は馮秋華《フウシユウカ》という。

白い肌に黒曜石色《こくようせきいろ》の瞳。赤い唇は真紅の花びら。神仙の化身のごとき美貌の儚《はかな》げな美女である。

上質の絹糸のような黒い髪を半月の形に結い上げ、小鳥を象《かたど》った簪に、銀と藍玉の歩揺《ほよう》。紺色の布に銀糸で菊の刺繍《ししゅう》を施した斗篷《マント》を羽織り、上襦《じょうじゅ》は淡い緑で、裙《くん》はとろりとした蜂蜜の色だ。

今年二十三歳となる淑妃は、現皇帝である義宗帝が玉座についたのと同時に、犬の黒《ロン》と一緒に、後宮に嫁いだ。南都の学者の家からほぼ攫《さら》われるようにして輿入れをしたのだが、淑妃はそのことについてなんの不満もない。

むしろ、貧乏学者の娘にしておくには惜しいと言われた美貌の使い道は、ここに置くのが最適解だと思っている。下手に大金持ちの商家の嫁になどなったものなら、舅姑に生家を見下され、苦労ばかりだったことだろう。

淑妃の言葉に非難じみた声をあげたのは淑妃に仕える宮女の、小薇《シヤオウエイ》、小魚《シヤオユイ》である。

「どこがですか。淑妃さま」

「黒だって、こんな風は嫌いですよ。だからさっきから淑妃さまの腕から降りようとしないじゃあないですか」

不服を唱える宮女たちに、淑妃は不思議そうに首を傾げる。淑妃は、宮女に面と向かって文句を言われても、怒るような妃ではないのだ。

「そうかしら？」

つぶやいた途端に、腕に抱きとめていた狆の黒が、ぷすぷすと甘えた鼻声をあげて淑妃を見上げた。前足でかりかりと腕を引っ掻く。これは、降ろせという合図だ。

「あら。私が正しいと示すために歩いてくれる気になったのね。黒は人の言葉をきちんと聞き分ける」

石畳にそっと降ろすと、狆はぶるんと身体を震わせた。びゅうっと吹いてきた風が長い毛をばたばたとたなびかせる。思っていたより強い風だったのか、黒は、きゅいきゅいと鼻を鳴らしたが、怯むことなくそのままとてとてと歩きだす。

「そして、勇敢」

微笑《ほほえ》んで、黒の行き先を目で追った。

冷たくざらつく風が、淑妃の高く結った髪を崩す。細くしなやかな指で、落ちてくる髪をかきあげると、簪と歩揺がしゃらしゃらと音を鳴らした。

「淑妃さま。いったいどちらまで行かれるのですか」

「わからないわ。黒に聞いてちょうだい」

「黒に聞いたところで！」

「私たちに犬の言葉がわかるわけがないじゃあないですか」

名を呼ばれ、黒が淑妃たちを見上げた。

つぶらな目も、低い鼻も、漆黒に濡れている。笑ったような顔で舌を出し、そのまま、くるりと身を翻《ひるがえ》して風に逆らい、走っていく。小さな身体が、いまにも風に飛ばされてしまいそうで、淑妃は、はらはらして後をついていこうと足を進める。

とはいえ、幼い頃から人工的に足を縮めた纏足《てんそく》の身では、走る犬についていくのは難しい。

淑妃の、綺麗な刺繍が施された小さな布沓《ぬのぐつ》が、頼りなく前後に動く。

黒は淑妃が自分に追いつけないことを知っている。ときおり振り向いて、彼女がきちんと後ろをついてきているのか、不安そうに確認する。けれど、宮女たちに追いつかれると、そのときは抱きあげられてしまうから、小薇と小魚からは離れたいらしい。

立ち止まって、自分の身体に宮女の手がのびるのを見計らって、また走りだす。

「もう。この悪戯者《いたずらもの》がっ。待ちなさいっ」

小魚がとうとう声を荒らげ、本気になった。ぐんっと勢いよく駆けだした小魚を見て、黒は、尻尾をぐるんぐるんと回転させ、逃げていく。遊んでもらっていると誤解しているのかもしれない。

跳ねるように走り続ける飼い犬の姿が小さくなっていくのを、淑妃は、目を細めて見つめる。

小薇は犬を追わない。宮女がふたりして主の淑妃から離れてしまって、なにかがあったら大変だからだ。

輿入れをした当初は、後宮という閉ざされた女と宦官《かんがん》ばかりの花園で、どれほどの危険があるものかと、過保護とも感じられる宮女たちのふるまいに鼻白んでいたのだが――どうやら、ここでも稀《まれ》に危機に遭遇《そうぐう》すると少しずつ学んできた淑妃であった。

嫉妬深い宦官たちの権力争いに巻き込まれて迂闊《うかつ》な行いで杖刑《じょうけい》に処されたり、妃嬪《ひひん》たちの闘争心で宮女同士が仕掛けあったり。

皇帝の首をすげかえるために反乱軍が指揮されかけてそこにひと役買った宮女が他の妃嬪や宮女たちを陥れたり、皇帝の寝所に入ることを厭《いと》う妃嬪たちが皇帝を毒殺しようとして謀反《むほん》で捕らえられたり。

「……黒も小魚も見えなくなってしまいましたね。淑妃さまは、ここで、あの子たちが戻ってくるのを待ちましょうか」

物思いに耽《ふけ》っていたら、小薇に気遣う言い方をされ、淑妃は曖昧に微笑む。

「いいえ。歩きたいわ」

ゆっくりと、進む。小薇はさりげなく淑妃の腕に手を添えて支える。

「そういえば、道士の娘が後宮にいるのだそうですね。太監《たいかん》がおっしゃってました」

小薇が言う。

「道士の娘なら、占いができるわね。おもしろいお話も聞けるかもしれない。お会いしてみたいわ。後宮の毎日は特になんの代わり映えもしないから、誰かと会ってお話をするくらいしか気晴らしがないですもの」

「そんなことはございませんよ。こんなに毎日毎日、いろんなことが起きているのに」

小薇が不服を唱える。

「たとえば？」

「たとえば——先日、後宮にいらした尹玉風《いぎょくふう》は世婦《せいふ》の位を与えられたそうですよ。寂しい輿入れでした。支援がないらしくて宮女も連れずにひとりきりで……」

——尹玉風。

つい十日ほど前に、新たな妃嬪が後宮に嫁いできた。賑々《にぎにぎ》しい輿入《こしい》れの儀式は、誰がやっても同じだから、いまさら見物もしなかった。音楽も、宦官たちの礼装も同じで、地面に敷かれる青い絨毯《じゅうたん》だけが実家の財力に応じて織物の質が変わる。見たところで、なにもおもしろいことはない。

どの妃嬪も、門をくぐってから、華美に飾られた輿に乗って自分の宮まで進み、後は「己」という花を咲かせるために後宮の土と水に馴染《なじ》むだけ。

——そういえば、ひとりだけ、変わった輿入れをした妃嬪がいたわ。

春に嫁《とつ》いできた翠蘭《すいらん》という昭儀《しょうぎ》は輿に乗らずに自分の足で歩き、死んでしまった池の鯉《こい》の呪いを桃の花で祓《はら》ったのだとか。

――後宮には幽鬼《ゆうき》があちこちに現れる。その幽鬼を祓《はら》える妃嬪が嫁いでくることも、ある。

　痛む足先をかばいながら、どうにか歩いていくと、色とりどりの花を咲かせる御花園の外れである。同じ形の白い石で縁取られた花園がなくなって、石畳も途絶え、踏み固められた黒い道のまわりに植えられているのは、すすきだった。

　黒が必死に土を掻《か》いている。犬はどうしてか、土を掘るのが好きだ。小魚が「おやめなさい」と訴えるのに、珍しく歯を剝《む》きだして唸り声をあげた。どちらにしろ、あの忠義な犬は、淑妃の言うことしか聞かないのである。

「前はこのあたりには野薔薇《のばら》を植えていたはずだったのに、すすきに植え替えたのですね。なんだか、この世の果てのような景色ですね」

　小薇が眉根を寄せて、つぶやいた。

　すすきの穂がざわざわと音をさせて揺れている。枯れた穂が、おいで、おいでをするように、手招きしている。

「大げさなことを」

　後宮がこの世の果てに似ているだなんてと、淑妃は、ころころと笑い声をあげた。

　世界はこんなに狭くない。狭くあって、欲しくない。

　この世の果ては、もっとずっと寂しくて、美しくて、途方もない、見たこともないような景色であるべきだ。

「……黒、あなた、なにを掘りかえしたの」

小魚が腰を屈めて、犬に話しかけている。掘り起こした土が傍らで山になって積まれ、穴の奥には白くて丸いものが、ある。もう犬は唸らない。宝物を見つけましたというように誇らしげに頭をあげて、淑妃のもとに駆けてくる。

足にまとわりつく黒に「私の良い子はなにを私に贈ってくれるの」と話しかけながら、少しずつ、穴に近づく。

小魚が疑り深い顔で、おそるおそる穴の底に手をのばし、そこにあるものを抱えあげた。なんだろうと日にかざして、掲げる。

――髑髏《どくろ》。

砂で黄ばんだ陽光にさらされて、小魚の両手で支えられていたのは、泥のついた人の頭の骨だった。

穿《うが》たれた虚ろな眼窩《がんか》。ふたつ並んだ鼻の穴はどこか滑稽《こっけい》で、綺麗に並んだ歯は黄ばんで、しっかりと閉じている。

自分が手にしているものの正体に気づいたと同時に、小魚は耳をつんざくような悲鳴をあげ慌てて髑髏を放りだした。

ごろんごろんと転げたそれは、小薇の足に当たって、回転を止める。

「骨です。これは、人の頭の骨です」
見ればわかることを、小魚と小薇は金切り声で何度もくり返す。
退屈な後宮だがごく稀におもしろい事件が起きる。
——御花園の外れのすすき野原で、飼い犬が髑髏を掘り当てたり。
淑妃は髑髏を避けて穴に近づき、走りまわる愛犬を抱え、底を覗き込む。
美しく着飾る妃嬪たちが集う後宮を、なにもかもを褪《あ》せた色にする風が吹いていった。

1

翌日の朝である。

後宮は、御花園の外れで見つかった髑髏の噂話でもちきりのようである。

翠蘭の暮らす水月宮《すいげつきゆう》にまで届いたのだから、この噂話の伝播力《でんぱりよく》はすごい。

水月宮は他の宮と違い、抱える人が少ない。宮女ひとりと、宦官ひとり。噂話は、人の出入りの多さに比例して集まるので、主含めて三名で過ごす水月宮に届く噂話は、相当だ。

餐房《さんぼう》の窓を通り抜けた朝日が、床に白い円を描いている。

円卓の上で、宮女の明明《めいめい》が日の出前から用意したさまざまな料理が湯気を立てている。

卓を囲んでいるのは、水月宮で過ごす、翠蘭、明明、雪英《せつえい》の三名だ。他の宮ではどうであっても、水月宮では、主も従者も、食事のときはひとつの卓を囲んで、互いの顔が見えるように椅子に座り、談笑しながら食事を取る。

だってそのほうが美味《おい》しくなるから――と、翠蘭が、そう決めた。

「後宮で髑髏が見つかったから騒いでいる？　後宮ってけっこういろんな事件が起きるも

んなんだね。後宮では身の処し方に気をつけなさいって、伯父さんに来る前に教えられてきたけど」

翠蘭は宦官の雪英から話を聞いて、首を傾げた。

話しながら、翠蘭は、干しエビの塩気で味をつけたあたためた豆乳に、葱《ねぎ》や香草を散らし、辣油《ラーユ》を少しだけ垂らす。辣油の加減は、その日の気分だ。

そこに、小麦粉を練って細長くして揚げた油条《ヨウティヤオ》を入れる。ぱりっとした揚げたての油条が、豆乳を吸って柔らかくなる。ひょいっと掬《すく》って頰張《ほおば》ると、しなやかになった部分と揚げたての乾いた部分とが混じりあう。

もぐもぐと咀嚼《そしゃく》し、飲み込んで口を開く。

「……だいたいの事件は、宦官に賄賂《わいろ》を渡せば、融通をはかってもらえるから巻き込まれたらそうしなさいって指導されたのよ。だから、賄賂用の資金を持ち込んで常に持ち歩くようにしている。なのに、この後宮では、賄賂くらいではどうにもならないような事件ばかり起きる」

翠蘭はしみじみと続け、卓に肘をついた。

今朝の翠蘭は、長い黒髪を頭の上でひとつにまとめ、襟《えり》に金木犀《きんもくせい》の刺繡を施した淡い緑色の短い袍《ほう》に同じ色の下衣《したごろも》の男装姿だ。

彼女は、もともと山奥で偏屈な老師と、三つ年上の明明と三人で暮らしていた。幼いときから男勝りで、女らしく着飾るのではなく、武器を手にして武芸の鍛錬《たんれん》に熱心だった。

そのせいもあり、双子の姉の身代わりとして輿入れしたはいいものの、他の妃嬪や宮女たちのようにきらびやかな出で立ちは性《しょう》に合わないと、男装をしていることが多い。

なにせ翠蘭の趣味は武具集めだ。宝飾品や衣装を集めるのではなく、剣や棍《こん》や槍に鎧《よろい》を収集し、時間ができれば磨いたり、研《と》いだりしている。

そんな翠蘭に、ひらひらと着飾れというのが無理なのだ。

そして、実際のところ、華美な衣装よりも、さっぱりとした男装のほうが翠蘭にはよく似合っている。

今年十八歳の翠蘭は、他の妃嬪たちのような「花」ではない。

彼女は、しゃんとして空を目指して幹をのばす「樹木」であった。

もちろん彼女にだって「蕾《つぼみ》」はある。まだ固く閉じた蕾は、時と共にまるく膨らんで、いつか花が開くであろう。

とはいえ、甘い香りを撒《ま》き散《ち》らす鮮やかな花ではなく、まだのび盛りの若木のしなやかさと瑞々《みずみず》しさが、彼女のいまの美しさのすべてだ。

ずっと側に仕えている宮女の明明は、翠蘭のその魅力を熟知している。翠蘭の袍の襟や袖に刺繍されている金木犀の花は明明の手によるもので、翠蘭の清々しい愛らしさを見事に引きだしていた。

「見つけたのは淑妃さまだそうです。淑妃さまはもともとお身体が弱くて、明鏡宮《めいきょうきゅう》に引き籠もって暮らしていらっしゃるお方ですから、地面を掘って出てきた髑髏を見て、恐怖で卒倒して、そのまますぐに宮に運ばれて寝込まれたと聞きました」

妙な話だと翠蘭は首を傾げる。髑髏は本当に出てきたのかもしれないが、淑妃は地面を掘りかえしたりしないだろう。噂話は、広まるにつれて話の規模が大きくなる。

ということを翠蘭が知ったのは――後宮に来て、たくさんの妃嬪や宦官たちの話に耳を傾けるようになってからのことではあったけれど。

それでも噂には真実が常に含まれているものだから、「なにかが見つかった」ことだけは確かなのだろう。

「へえ～。大変だね。そういえば、私、淑妃とはまだお会いしたことがないわ。めったに外に出ない方だと聞いているのに、たまに外出した途端に、そんな物騒なものと巡り合っちゃうなんて災難だったね」

話半分に聞いてそう返すと、雪英が悲しげに「はい。おかわいそうです」とうなずいた。

後宮は、皇帝とその妃嬪たちが生活をする場だ。

皇帝のみが男性で、あとは性を拭い取った宦官と、皇后をはじめとした后妃とそれに仕える宮女たち。后妃にはそれぞれ地位があり、一番位が高いのは正妻である皇后だ。位が高いだけではなく、皇后は、いろんな意味でひたすら強い。そんな強い皇后の下に四夫人。

さらにその下に十八嬪。その下には世婦がいる。

ちなみに翠蘭の称号は十八嬪のうちの昭儀である。

しかし、先代の後宮はどうであったのかは不明だが、義宗帝の後宮は、とにかく皇后が強すぎて、妃嬪たちの上下差は、当人の能力がそのまま地位の上下になりがちなのであった。

「翠蘭娘娘《ニャンニャン》、もしもできるなら、その……」

雪英が言いづらそうに、もじもじしている。

「なあに」

「淑妃のところに伺ってみてはいかがでしょうか。明鏡宮につとめる宦官や宮女の方々も不安がっているという話でした。娘娘は不吉や不浄を祓うことのできるお方ですから、お見舞いに伺ったら皆さんがほっとするかもしれません」

「私にはそんな力ないわよ」

翠蘭があっさり首を横に振ると、雪英が「いえ、いえ。そんなことはございません」と身を乗りだした。

雪英は、翠蘭にすごい力があると信じているのだ。剣が強くて、いろんなことに長けていて、難問をどんどん解決し、呪いを祓える人物だと思い込んでいる。

そんなはず、あるものか。翠蘭はごく普通の、多少、武道に精通した女でしかない。

――その力があるのは、私ではなく、陛下よ。

義宗帝は自らを龍の末裔《まつえい》だと称している。

龍の力がどういうものかを翠蘭はよく知らない。知らないけれど、少なくとも義宗帝は幽鬼を見ることができるのだと思う。

そして義宗帝はその事実を人に悟られないように過ごしている。

だから翠蘭は――義宗帝がなんらかの不可思議な力を所持しているだろうことを人に話さない。

「雪英……あまり朝食の場にふさわしい話題ではないような気がするわ」

意気込みかけた雪英を制止したのは明明だ。

「すみません」

すぐにしおれる雪英に、翠蘭が笑いかける。

「ふさわしくない話であっても、そういう類《たぐい》の噂話は耳に入れるべきだろうから、話してくれたことはありがたいわ。噂話ってあなどれない。幾《いく》ばくかは真実が含まれている。それに、どの時間にどの話題がふさわしいかなんて考えてたら、話す機会を逸してしまうでしょ。ふさわしくない話題、私は大歓迎。気にしないで」

「娘娘っ」

明明が眉をつり上げたので、翠蘭は片肘をついて明明に身体を傾けて微笑んだ。

「だって、そうなんだもの。こうやってふたりの顔を見て、明明の作ってくれた美味しいものを食べられるなら、どんな話題でも私は楽しい」

言った端から大きな口を開けて、油条をむしゃむしゃと食べる。

笑顔で「美味しい〜。明明の作るご飯は、最高」と告げると、明明が「もう」と唇を尖らせた。けれど、眉尻が垂れている。明明は、翠蘭がもりもりと食べる姿を見ると、いつも幸せそうな顔になる。

「ただ、私が淑妃のところに伺うのは考え物だと思ってる。淑妃は陛下の寵愛の深いお方だと、他の妃嬪の方たちから聞いているの。だから、皇后さまは淑妃のことを疎《うと》んじているる。淑妃の身体が弱いのも本当でしょうけど、皇后さまに睨まれるのが嫌だから閉じこもってるんじゃないかっていう話も聞いたことがある。そうなると——私が下手に動くと派閥争いに巻き込まれそう」

曖昧にしているより、そこはきちんと考えを伝えたほうがいいだろうと口にする。

翠蘭の言葉に明明が深刻な顔でうなずいた。

ここ——義宗帝の後宮は、妃嬪という花が咲き乱れる美しい牢獄ではない。

この後宮は、どちらかというと乱暴で野蛮《やばん》な牢獄なのだ。

死ぬまで外に出られないからと覚悟を決めた妃嬪たちは、己が爪や牙を用い、弱さをかなぐり捨て、身体も美もなにもかもを捧げ、死闘を繰り広げようとする猛者《もさ》ばかり。

しかも、義宗帝の後宮においての争いは、女同士の争いではなく「打倒義宗帝」を掲げた妃嬪たちが皇帝に害をなそうとするのが主流だった。

義宗帝が死ねば、後宮は解散し、妃嬪たちが外に出られるからだ。

後宮における派閥は、ごく少数の皇帝一派と、夏往国《かおうこく》から嫁いできて次代につなぐために皇帝の子を欲する皇后の一派と、その他大勢の妃嬪たちという三つに分けられる。

現在の翠蘭の後宮での立場は「いつも男装でふらふら歩き、陛下に、猿や犬のように愛玩されている変わり者」で落ち着いている。上下関係にとらわれず、なんとなく枠外の位置にいる。

——枠外とはいえ、たぶん私は皇帝の派閥なのよね。

我が事なのに「たぶん」と、断言ができないのは、皇帝の人となりがふわふわしていて摑みどころがないからだ。はたしてあれの味方であっていいものかと、ときどき首を傾げたくなる。

——それでも、私は、陛下のことを嫌えない。

おかしな人だと眉を顰《ひそ》め、一生理解できないだろうと当惑を覚えながら、翠蘭は皇帝に命じられるままに右往左往して過ごすのだろう。

なぜなら——翠蘭は、義宗帝の剣に任じられたから。

皇帝に害をなす者をとらえるために働いたことを誉められて、翠蘭は陛下に神剣を賜った。

——あの剣は、重い。

物理的にそこまで重くはないが、精神的に重たすぎるので、普段は翠蘭の武器庫をかねた寝室に安置している。皇帝からも「私が佩刀《はいとう》を命じるとき以外は、安置せよ」と念を押された。

「私は、陛下に飼われた愛玩動物扱いされてるから……皇后派と、その他の妃嬪派の争いのなかに、いま、入っていくと事態が混乱しそう」

翠蘭の言葉に、明明が懸念するように眉を顰めた。

「娘娘。〝いま、入っていくと〟って言いました？　〝いま〟じゃないなら入っていく気満々ってことですか？」

「いま……って言ったかな……？」

言ったかもしれないが無意識だった。

「いまも明日も明後日も、なにひとつ調べにいこうとしないでくださいませ。あなたはいつだって面倒なことをまきおこすんだから。変な事件に頭をつっこむのは、もう、やめてくださいよ」

明明が釘を刺す。

明明の今日の出で立ちは、金木犀の刺繍をした淡い水色の襦裙である。肩にかけた領巾《ひれ》は刺繍の色と同じ、明るい橙の色だ。楚々《そそ》とした美女の彼女には、華やかな色がよく似合う。

「しないわよ。だいたい、私、後宮に来てから、自分から事件に頭をつっこんだことないからね。好きでつっこんでいくような言い方しないで」

幼い時分からずっと側にいてくれている三つ年上の明明のことが翠蘭は大好きだが、なにかある度に先回りして「やめてくださいよ」と言ってくる癖については、そろそろ「やめてもらえないか」と内心で思う。

子どものときの翠蘭は、そう言われることで、かえって気持ちを煽《あお》られて、制止された分だけ、面倒事につっこんでいった。禁止事項はときどき魅力的でおもしろい。試してみたくなってしまうのだ。

昨今は大人になったので少しは考慮できるようになったのだけれど。

「死んだ鯉の不浄を祓いに行ったのは娘娘ですよ。夜に外出して羊を見に行きたいと言ったのもそうです。あれがなければ後宮でも娘娘は平穏に暮らしてたと思うんですけど?」

「あ」

言った端から否定されたし、その否定が正しいので、目を瞬《しばたた》かせた。

「娘娘は、人に頼まれると拒否できないのが良くないんですよ。まったく、お人好しなんだから。面倒事を拾ってくるのはもうやめてくださいよ」

「頼まれたからってなんでもするわけじゃあない。ちゃんと私なりに動く理由がある」

明明の眉間《みけん》にしわが寄る。不服そうに唇を尖らせる。

「それに、明明だってお人好しじゃない。山で三人で暮らしていたときから、明明は誰に対しても親切だった。老師を訪ねてくる、むさくるしいおっさんたちの汚れ物もせっせと洗って、美味しい料理を作ってふるまってた。私だったらあんなに愛想よく、人の頼みを聞けないなって、いつも、すごいなって感心していたわ」

「それは、もてなしです。私は家事が好きなんですよ」

「知ってるわ。知ってるし、そんな明明が誇らしいと思ってる。好きで得意なことで、まわりの人を幸せにしてくれる。だから、私も、明明みたいに、自分の得意なことで、まわりの人を助けたいと思っちゃうのよ」

真剣に訴えたら、明明が嘆息混じりに口を開く。

「娘娘は……」

続く言葉はいつまで待っても、出てこない。

「私は、なあに？」

うながすと、明明は唐突に両手で頭を抱え、呻《うめ》いた。

「あざとくなりました。そういうことを、かっこいい顔で言うなんて」

その切り返しは想定外だ。

「え。いま、私、かっこいい顔だった？」

「はい。悔しいですけど、娘娘は、後宮に来てから、かっこいい度が日々増しています。そのうえで、人を誉めることに余念がない。流れる水のようにさらさらと、誉め言葉が口をついて出るようになっているの、気づいています？」

いいことではないか。人を悪し様に言うのではなく誉めているのだから。

「ふとした仕草や言い方に、表情、女性に対する気の遣い方。……なんででしょう。妃嬪として望まれて後宮入りしたのだから、女性らしくなってしかるべきなのに……。娘娘は、妃嬪と宮女たちにとっての理想の男に育ってきてますよね……」

明明がなにを言っているのかわからない。

「それって、私が、他の妃嬪の皆様や宮女たちに力仕事を頼まれているっていう意味かな。理想の男は言いすぎよ。ただ、私、ちょっとした庭仕事なら、やれちゃうからね。梯子《はしご》があれば高いところにのぼれるし、刃物使うのも好きだから枝切りもできる。あと大工仕事も好きなのよ」

ちなみに、水月宮で飼っている鶏の囲いの柵も、鶏小屋も自作した。身体を使う仕事は、好きだ。宦官たちに頼むより、なんでも自分でやってしまうほうが余計な気を遣わずにすんで、らくだ。

「はい。力仕事を頼まれついでによその宮に遊びにいっていらっしゃるのは存じております。そこで、他の皆様の女性らしさや化粧の仕方を習うのではなく、女性たちの気を惹《ひ》く仕草を板につけて帰ってきている」

言われる内容はさておいて、明明の声がとげとげしくなっていくのが気になった。

「娘娘は、いま、後宮で一番、もててますよ」

とどめにそう言われた。

一番って、なんだ。

その順番づけに意味はあるのかと困惑し——あるのかもしれないと、慌てて口を開く。

「私、後宮の宮女のなかで明明が、一番、美しいと思ってる。かわいらしいし、性格もいいし、賢いし、料理上手。明明が一番好きよ」

きっぱりと言うと、今度は、明明は両手で顔を覆ってしまった。

どこかでなにかを間違ったのだろうか。長く一緒に暮らしているというのに、翠蘭は、明明がときどき見せる苛々《いらいら》の正しい解き方をいまだに把握できていないのだ。

挽回しようとさらに続ける。

「あと、さっきからずっと思ってた。今日の衣装はとても明明に似合ってる。金木犀の愛らしい花も、甘い香りも、あなたにどこか似ている気がするわ。私の衣装と刺繍がお揃いなのも嬉しかった」

翠蘭の声は、相手の出方を窺ってじょじょに小さくなっていった。そのせいで、切々と、かきくどくような言い方になったのは、自覚できた。

明明は顔を覆っていた両手を開き、げっそりとした顔で翠蘭を見返した。

「流れるように衣装の美しさを誉めて、相手の容姿の良さに持っていく。お揃いが嬉しいなんて、言う。相手の顔色を窺って、不機嫌だと甘い言葉を捧げだす」

「いまの言葉、甘かったかな」

「……だというのに、後宮で唯一の男性である陛下は、そうじゃないんです。その差！その差がよけいに娘娘をもてさせる」

翠蘭は「おかしい」と内心で焦りだす。他の妃嬪や宮女たちは、髪型が変わったことや、装飾品が似合っていることを伝えると、笑顔で「ありがとう」と言ってくれる。

明明はなぜ、嫌そうなのか。

しかも「これは、いまにはじまったことじゃなかった」と、とうとう明明は据わった目になって、つぶやきだした。

「……娘娘には、もとからそういう節《ふし》がありました。資質がなければ磨かれることはない。そう、娘娘は私と于仙《うせん》との三人暮らしのときからずっと、毎日毎日、私を可愛いとか綺麗とか誉めそやして生きてましたものね。もてる男になるべき要素をはじめから持っていたんだわ」

「……明明、私、女だよ」

「わかってます。女だから後宮に来たんです。それに、外の世界だったら、娘娘のなにをどう磨いても、ここまで、もてたりしないはず。けど……ここは後宮……陛下以外に男がいないから」

もう、それでいいわ、と、明明が投げやりに告げた。

「それでいいって、なに」

おそるおそる尋ねる。

「娘娘が、後宮一かっこいい妃嬪になってしまう運命を受け入れることにします。娘娘の、その、肝心なところで女心の機微《きび》がわからない部分すら、きっと妃嬪の皆さんは慈しんでしまうのよ。しかも……私ときたら、娘娘がみんなにもてるのが、ちょっと嬉しいんですよ。だから、娘娘の爽やかさと清潔感を引きだす衣装を、つい、作ってしまう。娘娘の良さを、見せびらかしたいと思う自分の気持ちも、あさましい……」

「待って。私だって女なのよ。女心の機微がわからないって、なに。あと、明明の気持ちがあさましいって……なに。待って……。もしかして明明、私がもてて、嫉妬《しっと》しているのかしら」

翠蘭は弾んだ声になった。

「そういうこと言わないでください。なんで嬉しそうなんですかっ」

「だって明明に嫉妬されたら嬉しいじゃない」

「娘娘っ」

ふたりの声はいつのまにか高くなっていた。

明明と翠蘭のやり取りを、雪英は、はらはらして見守っている。すっかり置いてけぼりである。

幼くして性を拭い取られ宦官となった雪英は、春に翠蘭が輿入れしてすぐに、水月宮で働くことになった。

春と夏を三人で過ごしたが、いまだに雪英は、明明と翠蘭の間に入っていけなくなって困り果てていることがある。そういうときの雪英は、口を挟まず、翠蘭を見て、明明を見て、また翠蘭を見るばかりだ。

いまもまた、育つことを天に引き止められたかのようなつるりとした子どもの顔で、どうしようかと困惑している。

明明と翠蘭のどちらの味方になればいいのか戸惑っているのが見て取れて——というか、今回はふたりのどちらに味方することもできないのが普通だろうけれど——翠蘭は、雪英に申し訳なかったと反省する。

「ごめん。雪英。どうでもいいことで言い争ってしまったわ。私たちのことは気にしないで、ちゃんとご飯を食べて」

翠蘭は雪英の皿に油条を取り分ける。

明明もまたはっとしたように顔を上げ「娘娘の言う通りよ。私たちのことは無視して、雪英は朝ご飯を食べて。冷めてしまうから」と、慌てて、雪英の前の皿にチーファンガオーを置いた。

チーファンガオーとは餅米《もちごめ》を炊いたものを握り、四角く形成して塩をまぶし、こんがりと揚げたものである。外側はかりりっと香ばしく焼き目がついていて、囓《かじ》ると、なかはもっちりとしている。かりかりと、もっちりの食感の違いがおもしろく、塩だけで引きだされた餅米の甘みも、また、たまらない。

「え……あの」

雪英が口をぱくぱくと開閉した。

言葉より、態度で示すほうが手早い。

翠蘭は立ち上がり、座る雪英の前に跪《ひざまず》くとその手を取って下から覗き込んだ。

「娘娘っ。お立ちくださいっ」

雪英が慌てふためき、狼狽《うろた》えて椅子から転げ落ちそうになった。その小柄な身体を翠蘭は手で押し止め、

「はい」

雪英の皿に載ったチーファンガオーをひょいと手に取り、雪英の口元に運ぶ。

顔を強ばらせた雪英に軽く叱りつける言い方で、

「昭儀として命ずる。食べなさい」

　と告げる。

　雪英はおずおずとチーファンガオーを口につけた。さくり、と小さな音がする。もぐもぐと嚙みしめる雪英の口元を見つめ、翠蘭は小さく笑う。

　明明が「かっこいい顔でそれを言うんですよ。もう……そういう、かっこいい表情の作り方だけは陛下に学んでいらっしゃるから、質《たち》が悪い。いいところだけ吸収するんだから。天性です。娘娘のもてる才能は天性のものなんだわ」と呻いた。

　と——。

「どういうところを私に学んだというのか」

　艶やかな男の声が室内に響いた。

　ぎょっとして、三人で声のするほうに顔を向ける。

　いつからそこにいたのか。

　組子細工の透かしの仕切りにもたれるようにして立っているのは、白絹の交領衫《こうりようさん》に龍の刺繡の直領半臂《ちよくりようはんぴ》を身につけた美丈夫であった。

　磨いた黒真珠のような双眸《そうぼう》に、通った鼻筋。唇は赤く、肌は滑らかな白磁だ。黒い髪の一部を結わえて金に青い飾り石の髪飾りでまとめ、後ろは背中に長く垂らしている。

　この世のものとは思えない、ふいにかき消えてしまいそうな幽玄な美しさは、昼の空に浮かぶ白い月に似ている。

この麗しい人こそが、後宮の主である義宗帝であった。

何歳とも定められない見た目だが、これで三十歳をこえているのも神仙じみていて、怖ろしい。

「陛下」

翠蘭は、チーファンガオーを持ったまま、拱手《きょうしゅ》した。雪英もはね上がるように膝をのばして椅子から立ち、皇帝に対しての礼を尽くす。明明も同様だ。

「案ずるな。私に学ぶことを許す。龍の末裔である私を見倣い、励め」

「はっ」

ひとつとして皇帝を見倣った覚えはないと思いながら、翠蘭は頭《こうべ》を垂れた。

「怖れながら、陛下。いったいどこから入ってきたんですか。もしかして、私、また鍵を閉め忘れてたんでしょうか」

翠蘭はたまに扉の鍵を閉め忘れる。

拱手の姿勢のままで尋ねると、

「宮の鍵はきちんと閉まっていた。そなたが水清宮《すいせいきゅう》で庭木の手入れをするのに用い、忘れていった梯子を覚えているか？　司馬貴妃《しばきひ》の宮女たちが困っているようだったから、梯子を我が手で運んできた。そのついでに梯子で塀をのぼってみただけだ。どうやら後宮では、いま、梯子が流行っているようだったのでな」

と平然と答えられた。

明明と雪英が慎み深く頭を下げ、

「陛下のお心遣いに感謝いたします」

と礼を述べる。

たしかに皇帝陛下自らが翠蘭の忘れた梯子を持ってきてくれたことは感謝すべきだ。不承不承ながら翠蘭も胸の前で手を合わせ揖礼《ゆうれい》をした。近くの宦官に命じるなり、翠蘭に伝言するなりしてくれたら、もっと嬉しかったが、そんな本音は言えないのである。

「私は龍の末裔である。やろうと思えば梯子も運べるし、のぼれる。気配を殺し、音もなく宮に侵入することもできるのだ。楽しかったぞ。そなたたちが私のいないところでなにを話しているのかが聞けて」

梯子を使って塀をのぼってくる皇帝ってどうなんだと思ったが、言い返せない。なにより「私のいないところでなにを話しているのかが聞けて」という言葉が不穏すぎて動揺が激しい。

まずいことを話していなかっただろうか。頭のなかでさっきまでの会話を思い返す。

――けっこう、聞かれたくないこと、話してた……。

翠蘭はしかし、もっともらしい顔でうなずいて、取り繕った。

「さて、翠蘭、そのチーファンガオーをこちらに」

義宗帝が命じることに慣れた者特有の鷹揚《おうよう》さで、告げる。

食べかけですが……と言い返す気にもならない。皇帝が口に入れられるものは常に誰かが毒味を済ませたものだ。手つかずのものを食べられないのだから、いつだって、誰かが食べた残りのものを口にするしかないし、水月宮では、だいたいは翠蘭が毒味役を務めているのだ。

「はっ」

頭を上げて、そのまま足を前に進め、チーファンガオーを皇帝の口元に有無を言わさず押しつけた。これは、わざとである。どこまでいっても陛下が陛下すぎることに対する、翠蘭なりの抗議行動だ。

さすがの皇帝も「むっ」と目を白黒させている。

しかし、どんな状況であっても美しい皇帝は、いきなりチーファンガオーを口に押し込まれても優雅であったし、なんならわずかに寄った眉間のしわがどこか官能的ですらあった。

「許す」

しかも、翠蘭は、無茶を許された。許されたということは、翠蘭が、苛立って、わざと乱暴にふるまったのを見透かされていたということでもある。

皇帝は残りのチーファンガオーを片手で持ち、あっというまに平らげた。それから、油のついた自分の指をはたと見つめる。なぜ汚れてしまったのかと指に問うような表情だった。

——自分の尻尾の存在に生まれてはじめて気づいた赤ちゃん猫みたいな。

これがまた、うっかり愛らしく思わせてしまうのだから厄介だ。

翠蘭は手巾《しゅきん》を取りだし、皇帝にうやうやしく捧げた。

それに対する皇帝の返事は「うむ」のひと言だ。

明明は皇帝の椅子の用意をした。雪英もぎくしゃくとした動きで、皇帝のために、翠蘭が使っていた皿と箸をそのまま卓の上に整えた。最近の彼は、新しい食器を出したとしても、その食器を使わない。

義宗帝は毒に関しての用心を徹底している。新しい食器に毒が塗られている可能性があるので、毒味役が使った食器を使う。

義宗帝の命は、皇帝であるにもかかわらず、軽い。

義宗帝の命が軽んじられている理由は、華封の国のいまの政治の特殊な成り立ちによるところが大きい。

義宗帝が治め、翠蘭たちが暮らす華封の国は、広い国土に悠々とした大河が流れる豊かな水の国だ。

陸路の代わりに水路が発展し、東には世界に開かれた港がある。西には乾いた砂漠の国である理王朝《りおうちょう》と神国《しんこく》があり、北は険しい山岳地帯と冷たい氷の大地に阻まれて、南には計丹国《けいたんこく》と夏往国が位置する。

他国に取り巻かれた華封はずっと隣国との小競り合いを続けてきて――最終的に百五十年前に夏往国との戦いに敗れ、その属国となった。

以来、華封の後宮で皇后となるのは常に夏往国の貴族の娘である。それ以外にも妃嬪は娶《めと》るが、皇后以外の后妃はなにをしても権力を持つことがかなわない。皇帝とのあいだに成した子は、皆、隣国の夏往国に連れ去られ、夏往国で育てられる。そこで皇帝の子どもたちがどういう暮らしをしているのかは、翠蘭たちにはわからない話だ。

だから、娘が後宮に召し上げられるのは、華封の国の人びとにとっては名誉ではないのだ。むしろ貧乏くじを引かされたと思っている。

政治の大事なところは、皇帝ではなく、官僚たちと皇后と夏往国が行っている。

皇帝が代替わりしようと、民びとたちの暮らしむきが変わることはない。

つまるところ、皇帝は、民びとたちにとって平和のために他国に差しだした人質であり、生贄《いけにえ》であり、傀儡《かいらい》なのだ。

そのうえ、命が尽きればすぐに次にすげ替えられると誰もが知っているから、使い捨てるような気安さで、さまざまな人びとが義宗帝に殺意を抱く。反乱軍も指揮されるし、妃嬪たちも爪を立てる。

という、殺伐《さつばつ》とした環境を生き抜いて大人になった結果なのか、皇帝は飄々《ひょうひょう》とした変人であった。

——そこはもう、仕方ない。

皇帝は艶然《えんぜん》と微笑んで椅子に座り、おもむろに口を開いた。

「ところで——我が剣よ」

我が剣、ときたか。

黒真珠に似た目がひたと翠蘭を見つめていて、翠蘭は身構える。

「そなたが好きで得意なことは、剣をふるうことと、その健康な身体で後宮のあちこちを調べてまわることだと私は思っているが、違うか」

盗み聞きをしたことを問いつめたり非難したりするのは無駄なことだ。皇帝の行いは絶対であり正義だ。盗み聞きですら正当な権利なのだと主張するだろう。

——気分を害して、なにか仕返しをと思うなら、明明ではなく私にしてください。頼みます。

皇帝は大きな仕返しをしようとする人ではないが、小さな仕返しはしてきそうなのだ。ときどきひどく子どもっぽくなることがある人なので。

半年を過ごし、翠蘭は、皇帝のそういった人づきあいにおける癖をうっすら把握しだしている。同時に皇帝も翠蘭の対人の癖は理解していることだろう。

「好きではありますが、得意かどうかは私には判断できかねます。剣も、調べ物も、もっと適任がいることを承知しております。私はまだまだ至らない」

拱手して、そう返した。

「そうか。至らぬ己を恥じるのは良い心がけである」

「はっ」

「ならば、私はそなたに精進の機会を授けよう。我が妃嬪たちが暮らす後宮の平穏を乱す事件を見過ごすわけにはいかぬ。そなたに、御花園で見つかった髑髏の持ち主について調べる栄誉を与えよう。そうやって、ひとつひとつ励み、己を磨いていけばよい」

「髑髏？」

翠蘭は皇帝をぽかんと見返した。

——またもや面倒事に巻き込まれてしまった‼

案ずるようなことばかりを告げる皇帝の顔は、今朝も麗しく、輝いていた。


そしてどうなったかというと——。

翠蘭と明明、雪英は、皇帝の使った梯子を宮に取り込んでから、料理を箱に詰めて持ち運び、御花園の外れに連れていかれたのである。

義宗帝いわく「食事はみんなで食べると美味しいし、あたたかいものは冷める前に食べないとならない」からだ。

翠蘭がずっと言い張ってきたことそのままなので「違います」とか「いやです」とは言い難く、全員が、寒い秋風にさらされて、すすき野原で布を敷いて、野遊びをさせられることになったのだ。

皇帝に所望され、酒も瓶子《へいし》に詰めて持参した。

水月宮から歩いていって、水界宮《すいがいきゅう》を越え、御花園に咲き誇る秋の花が途絶え、石畳が途切れた寂しい場所だ。

夏の終わりまでここに植えられていたのは野薔薇だったが、秋の庭に植え替えたときに、野薔薇を取り払い、すすきに変えたようである。付近には高い樹木がないが、少し先に、色づいた葉を枝に下げた樹木がつらなっているのが見える。黄色と赤とが並ぶさまは、目に鮮やかで美しい。

踏み固められて短い草だけになった獣道が林に向かってのびている。

後宮の外につながる順貞門《じゅんていもん》は、秋を身につけた林の向こう側にある。

あらためて、後宮は地方の栄えた都市以上に広いのだと思い知る。綺麗に整備された石畳の道を少しはずれると、林があり、象が隠れて飼われているのだ。なんでもありだ。

翠蘭たちが辿りついたとき、秋官たちがあたりを調査してまわっていた。

秋官とは司法に関わる刑部《けいぶ》省所属の役人である。後宮は皇帝以外の男性が入れない場所であるため秋官の役をつとめるのは宦官たちであった。

若い宦官もいれば、老いた宦官もいる。秋官であることを示す赤茶の秋の色の袍に、それぞれの地位を表す色の帯を締めた宦官たちが、ちらちらと翠蘭たちを見ながら前屈みで歩きまわっている。

――秋官がいるなんて聞いてない。

秋官たちによって、皇帝と翠蘭の奇矯な噂があっというまに後宮に広がるに違いないと、翠蘭は頭を抱えたくなった。

こんなところで野遊びするなんて変人すぎる……。

高い地位の帯を締めた秋官が、駆け寄ってきて拱手した。

「陛下。畏《おそ》れながら申し上げます。ここはいま不浄の場でございます。陛下や昭儀がいらっしゃるのにふさわしい場ではございません」

「案ずるな。ここにいる昭儀は、いくつもの不浄を祓ってきた。そなたたちは調査を続けよ。私たちは私たちで好きにする」

秋官たちはざわめいた。が、逆らえるはずもないのだった。

結局、秋官たちはどこからともなく床几を人数分用意して、開いて置くのに留めた。

「布を敷いていても地面の冷たさが伝わります。こちらをお使いください」

皇帝は「ん」と短く返し、ゆっくりと座った。

秋官たちは皇帝には直に座るなと言いながら、自分たちは地べたを這って調べてまわる。

秋官たちの足もとですすきが踏み倒されて、伏していく。この地が不浄だというのなら、調べている秋官たちも、不浄に触れて、穢《けが》れてしまうだろうに。

けれどそれが彼らの仕事だ。

誰も彼もが淀んだ目をして、不安そうにしている。怖々と歩きまわる秋官たちの足跡が
あちこちに散らばっている。低い声がぼそぼそと聞こえてきた。

周囲にいくつも掘りかえされた穴が開いている。

ひときわ大きな穴のまわりは杭が打たれ、立ち入りを禁じるために縄が張られている。

ここに来るまでのあいだに、昨日、淑妃がなにを見つけたかと、おおまかな経緯について義宗帝から説明を受けていた。

——見つかったのは、髑髏がひとつ。

「あの縄で囲まれたのが、発見場所なんですか」

翠蘭が皇帝に聞く。

「そうだ」

「なんで他にも穴を掘っているんですか」

「髑髏以外の骨がないかを探している。頭だけで生きている人間は、いない。普通の亡骸

なら、頭以外の骨も共に見つかるはずだ。見つからないとしたら、ここではないどこかに残りの骨があるのだろうかと、秋官たちは困惑している」

皇帝の答えに、翠蘭は持ってきた酒の瓶子を手に、縄の側まで歩いていく。

髑髏のまわりを掘りかえした大きな穴は、では、他の骨を探すために広げられたものなのだ。

どれだけ眺めても、穴は、穴だ。

穴の周囲は秋官たちの足跡だらけで、手がかりらしいものを見つけられない。

翠蘭は屈み込んで瓶子から穴に少しだけ酒を注いだ。

秋官たちが翠蘭の様子を探るようにこちらを見る。視線を意識し、酒を穴の周囲にもふりまいて、

「暗くて冷たい場所ですね。さぞや寂しかったことでしょう。死者の弔《とむら》いには清めの水ですが、ずっとひとりで過ごしてきた魂には清めの酒がよいかとお運びしました。酒と食べ物を供えさせてください」

穴に向かって語りかける。

「明明、饅頭《まんじゅう》をひとつこちらに」

そして明明に顔を向けると、明明は「はい」と殊勝にうなずき饅頭を運んできた。なんの打ち合わせもない即興であっても、明明と翠蘭の息はぴたりと合っている。翠蘭がこの

場をまとめ、不可思議な野遊びをうまくごまかしてかかろうという意図がしっかり伝わっている。

翠蘭は受け取った饅頭を手巾に載せ、穴の奥にそっと添える。

「ここで食事をすることも、ひとりで寒い場所で過ごしてきた死者の寂しさと餓《う》えを癒やすため。あとであらためて花を供えに参りましょう。どうぞゆっくりとお休みなさいませ。そして休まれたその後、死者が向かうべき道を辿っていかれませ」

思わせぶりに告げて、黄泉路《よみじ》を辿る死者の形を見いだすように、小さな息を漏らし、空に視線を向ける。

つかの間、秋官たちの動きが止まった。秋官たちの何人かが、翠蘭に釣られて、虚空《こくう》に視線を投げた。

ふうっと息を零す音が聞こえた気がした。秋官たちのあいだで固まっていた不穏な空気がほぐれていった。翠蘭の祈りで、もしかしたら祟られるのではと思い脅えていた心が、少しだけ、らくになったはずだ。実際に不浄を祓えているかどうかはこの場合、関係ない。気持ちの問題だ。

翠蘭は秋官たちに頭を下げ、しずしずと皇帝のもとに戻る。

「酒は、飲むために運ばせたつもりだった」

残念そうにして皇帝が言うのに微笑み返す。どちらにしろ朝から野遊びで酒を飲むのは、浮かれ過ぎだろう。しかも骨が発見された場所で。

「申し訳ございません。私は陛下の神剣ですから、穢れを祓わなくてはなりません。後ほど、御花園の白菊を手折《たお》ってもいいでしょうか」

「許す」

「ありがとうございます」

――神剣の持ち主だとか、不浄を祓えるとか、陛下が私を持ち上げまくるからこういうことになる。

胸中で毒づきながらも、だからこそ、翠蘭が「埒外」として「守られている」ことも理解している。宦官たちにも一目置かれ、女たちの争いからも蚊帳の外。妃嬪でありながら、後宮の実権を握る皇后の争いの駒になることもない。

翠蘭のこの立場を守るために、皇帝はこういった不吉めいた事件の解決を翠蘭に命じるのかもしれない。そして命じられたら、翠蘭はそれをやり遂げるしかない。

皇帝はなにをどう受け止めたのか、薄く笑って、翠蘭の感謝を受け止めた。

「では、私のもとに報告があがったときの話をそなたに伝えよう」

「はい」

なにがどうして「では」なのかを理解できなくても殊勝に頭を垂れて、聞く。

「現場を保持し足跡を探り殺《あや》めた人間を探る手立てにすべきところ、私に報告があがったときにはもうすでにこの状態になっていた。発見した淑妃たちの足跡もわからないほどに秋官たちがそのへんを踏み荒らし、髑髏以外の骨を探して穴を掘っていた」

「はい」

「そうして、私より先に皇后が来た。皇后は、現場を保持しなかったのはなにかの意図があるのかといぶかしみ、すぐに、そのときに現場にいた秋官を捕らえて暴室《ぼうしつ》に送り、取り調べをはじめた」

「なぜ暴室に送ったのですか」

暴室はそもそもが医療行為のための場である。

「不浄に触れたから隔離すると言っているが、皇后が誰かを暴室に連れていくのはだいたい拷問をするときだ。水場も近いから汚れても床や壁を洗い流せるし、悲鳴をあげても聞こえない」

翠蘭は「げっ」と短い声をあげかけ、慌てて口をつぐむ。

伝染性のある病を得た妃嬪や宮女、宦官たちを隔離するための部屋として作られたその場所は、特質として、あらゆる宮から離れ、密室性が高い。拷問に向いているといえば向いていそうだ。目の付け所が、皇后すぎる。

「髑髏があるなら、後宮で誰かが人知れず死んだのだ。殺人なのか、事故なのか、自死なのかの手がかりは現場にある」

「はい」

「なのに、現場を乱した秋官は、捜査を攪乱《かくらん》するためにそうしたのではと言う皇后の主張にも一理ある。暴室で秋官に、その意図を問いつめようとする彼女を、私は止めることができない」

皇帝はそこで眉根を寄せる。

「……しかし、すぐに駆けつけたのが、幼い秋官だったのは運の悪いことであった。その雪英くらいの年の宦官なのだ」

皇帝が雪英を指し示し、続ける。

「幼いがゆえに、もしかしたら髑髏に取り乱して、右往左往しただけという懸念は残る。皇后に問い質されても、うまく取り繕える経験値はないだろう。そうなると、暴室で秋官を鞭打つうちに、ありもしない策略が捏《こ》ね上《あ》げられてしまう可能性がある」

「ありもしない策略が捏ね上げられてしまうって、どういうことですか」

義宗帝は顔を近づけ、翠蘭にしか聞こえない小声で、ささやいた。

「出てきた髑髏を使って、自分にとって不要な誰かを追い落とすための事件を捏造《ねつぞう》し、調書を書かせることもあり得る。追い落としたい誰かがいる者にとって、ことのついでに動きやすい状況が作られてしまった。拷問をされると、人は、なんでも口走る」

皇帝は端整な顔で、怖ろしいことを淡々と述べる。

翠蘭が、はっと息を呑むと、義宗帝の顔が遠のいた。

「――死体がある。その死体が誰かはわからない。最近の後宮で思い当たるような事件がないからこそ、現場を最初に調べた秋官が述べたことだけが、すべてになる。こうなってくると、暴室の秋官が心配だと思わないか、我が剣？」

本当に心配しているのだろうか。他人事の言い方だった。

まわりくどい話を遮って、翠蘭は聞き返す。

「つまり――陛下は、拷問されているかもしれない秋官を助けたいと思っているのですか？」

皇帝がにこりと笑った。

会話の内容にそぐわない、花のような笑顔であった。

「私の真意は関係ない。ただ、そなたなら、助けたくならないか？ 助けたくならないか、のところだけ声が大きくなった。穴を掘りかえしていた秋官たちがびくっとして、こちらを見た。

「……助けたい、です」

これはあきらかに誘導されているなと思いながら、翠蘭は、そう応じた。雪英と同じくらい幼い宦官が、うっかり動揺しただけで、暴室で鞭打たれていると言われてしまえば、それは助けたい。

「そなたなら、そう答えるだろうとわかっていた。私は、誰が鞭打ったかで、発見された髑髏が誰なのか、誰に殺されてどうして埋められていたのか――真実が変わってしまうことだけは避けたい」

皇帝は「助けたい」とは、言わなかった。

――この後宮は、そういうところだ。

強かろうが弱かろうが、ここにいる者たちはみんな自分の身体と知恵を武器にして戦う野獣たちだ。

そして――野蛮な檻に放り込まれた髑髏は、放置していると、次の事件のきっかけになりかねないものらしい。その芽は摘まなければならないだろう。

「……はい」

「だから、そなたに髑髏の真実の持ち主を捜すことを命じよう。この事件を解明せよ」

秋官たちにも響くような凛《りん》とした声だった。皇帝の声は艶があり、よく響く。

そして命じられたことに対する翠蘭たちの返事は、常に決まっている。明明と雪英を巻き込みたくないが、この依頼を断れないこともわかっているのだった。

「はっ。謹んで拝命いたします」

拝命したくは、なかったのだけれど。

――雪英くらいの宦官が鞭打たれてるって。

翠蘭の弱いところをついてきた。雪英にとってもそれは聞きたくない話だろうに、わざわざ雪英に聞かせたのは、きっと、あえてだ。

しかもまわりにいる秋官たちにもところどころが聞こえるように言っている。声を潜めたり、大きくしたりが絶妙だ。細かいところは聞こえなくても、義宗帝と翠蘭が「死体や髑髏の話」をしていることが伝わって「暴室送りになった幼い秋官の身を案じている」気配が感じられ「助けたい」と言った。

これで秋官たちの一部は、罪なき自分の仲間を無意味な刑から救いだそうとしてくれる善良な皇帝と、彼のことを見直すだろう。そしてその手足となって働く翠蘭のことも「うまくいけば」信頼し、崇めてくれる。

——うまくいかなかったら「あいつは使えない」という烙印《らくいん》を押される。

ずいぶんと、わかりやすい圧をかけてきたなと、翠蘭は皇帝を胡乱な目で見返す。今回の皇帝のやり方は、理解しやすい。翠蘭でも読み取れるなんて、どういうことだ。

「案ずるな。皇后は無駄なことをしない。いたぶって死なせてしまえば、暴室送りも無駄になる。殺さずに、口がきける状態で、取り調べを続けようとするだろう」

案じるしかない内容のことをしれっと語る。その身体には血のかわりに冷水が流れているのではと思わせる口ぶりだ。

——心がないわけではないのだろうに。

彼が弱い者にたまに見せる恩情を知っているだけに、翠蘭はやるせない気持ちにとらわれる。義宗帝の冷酷さには、皇帝としてそうせざるを得ない理由や事情がつきまとっている。

――自分で秋官を救いだしたくても、政治的に動けないから、私を動かす。

もっともこれは翠蘭が義宗帝を、心底ひどい人だと思いたくないだけなのかもしれない。

「逆に不安なのは、苦しみのあまり自分で命を絶ってしまうことだ。暴室には私からの見舞いとして、薬と綺麗な水と食べ物を届けるし、助ける手立てを考えていると宦官を通じて伝えるつもりだ。そなたは、できるだけ早く秋官を苦痛から解放できるよう努めろ」

「はい」

「掘りだされた髑髏は刑部の執務室に安置している。もし、そなたが見たいのならば、至急、取りに戻らせよう。どうする」

皇帝が感情の読めない表情で言う。

全力で「見たくない」と答えたい。けれど、その返事も皇帝は受けつけないだろう。

「後ほど見せていただきます。いまは、見ません」

「……つけ足すと、髑髏そのものは、ただの骨だ。生きて動いている骨ならば妖しいが、完全に死んだ骨は珍しくないし怖くもなかった。見るべき価値はさほどない」

見たいのならばと言いながら、見なくてもよさそうな説明をつけ足され「はあ」と気の抜けた声を返した。

ぼんやりとした相づちしか打てない。生きて動いている骨なんて見たくないが、ただの骨である髑髏だって別に見たくないのだ。これでは翠蘭が髑髏を見たがっているようではないか。そんなつもりはなかったのに、いつのまに。

「そういえば、水月宮でそなたたちが話しているときに訂正をしそびれた。――髑髏を見つけたのは淑妃の飼い犬である黒だ。淑妃は地面を掘らない」

翠蘭の視界のはしっこで明明が目をつり上げているのがわかる。そろそろこの話は切り上げたい。

「陛下、その話は後であらためてでいいでしょうか。まず、食事を」

うつむいて眉間を指で揉み、そう言った。

「そうか。そうだな。食事だ」

義宗帝が華やかな笑顔を浮かべた。皇帝も明明の料理が好きなのだ。

こんな場所で食べたいかというと全力で「食べたくない」が、とっとと食べて、とっとと調べてからではないと帰してもらえないのだ。やるべきことをやって明明と雪英を水月宮に連れ帰ろう。

まったくくつろげない食事である。

雪英はまっ青な顔で、唇は紫だ。

明明は雪英の震える指を握りしめ、箸を渡した。言葉には出さず、触れることで、雪英を力づけている。雪英の頬にさりげなく触れる明明の様子が、懐かしいなと翠蘭は思う。いまでこそこんなふうに無鉄砲になってしまったが、幼いときは翠蘭だってなにかに脅えたり、悲しくなって泣いたりしたことがある。その度に明明は、翠蘭の手を握り、背中をさすり、抱きしめてくれた。強い力で握られた手は、どんな言葉よりも雄弁だった。いつだって、それで、元気になれた。

翠蘭は場を明るくしようと、箱に詰めた饅頭を取りだし、口をつける。

中味のない、皮だけをこねて蒸した饅頭だ。明明の作る皮はもちもちしていて甘みがあるので、具が入っていなくても美味しい。皮だけの味に飽きたら、手で割って、なかに味付け肉を挟んで食べる。急いで用意させられたのに、明明は豚塊肉の薄切りを箱に詰めている。さすがだ。

この状況で食べて味がするのだろうかと懸念したが、ひとくち食べたらちゃんと美味しかった。

皇帝が、ちらりと翠蘭を見た。毒味をすました翠蘭が、饅頭を渡してくれるのを信じ切った目をしている。

あえて渡さずに、饅頭を手で割って豚塊肉の薄切りを載せ、見せびらかすように大口を開ける。皇帝が翠蘭の口元を凝視し、食べる翠蘭の様子に、目を瞬かせ、落胆したようにうつむいた。しおれる子どもみたいなけなげな様子に、翠蘭の胸がちくりと痛んだ。これでは自分が悪者みたいじゃないか。まったく。

仕方ないから、残りを「はい、どうぞ」と手渡す。皇帝は、つんと顎を上げて受け取ると、いそいそと薄切り肉入りの饅頭を口に運んだ。

――これがまた、美味しそうに食べるもんだから、あげないわけにはいかなくなるのよ。もっと天気のいい日に、もっと景色のいい場所で、明明の料理を広げて食べられたらどんなにかと思うが――そう伝えたら、この皇帝は意気揚々《いきようよう》と、天気のいいときに翠蘭たちを景色のいい場所に誘いに来るだろうから、それは言わない。

いくつかの料理を手にして口をつけ、そのまま皇帝に手渡す。上品な仕草で食事をする皇帝を見るともなく、見る。そろそろ満足しただろうかという頃合いで、皇帝に問う。

「私はもうお腹がいっぱいなので、一度、あたりを調べてきてもいいでしょうか」

「許す」

翠蘭は立ち上がって拱手の礼を取り、そのますたすたと歩きだす。

最初に話しかけてきてくれた秋官がさっと駆けてきて翠蘭に拱手する。

「その一番大きな穴が髑髏が見つかった場所ですよね」

饅頭が添えられた穴を見て言うと「はい」と秋官が応じた。

「他の骨は見つかっていないと聞いてます。が、そもそも、肉はどうなのでしょうか。骨はからからに乾いていて、肉も髪も皮膚もついていない？」

「はい。髑髏を見ていただければわかることと思います。土で汚れておりましたが、それでもずいぶんと綺麗な髑髏でありました」

「門外漢の私に教えていただけるでしょうか。肉が溶けて、朽ちて、土に帰るまでの時間はどのくらいかかるものなのでしょう。ここに死体が埋まっていたとしたら、腐敗臭もすると思うんです。そういう話はなかったですよね。しかも、野薔薇からすすきに植え替えた際に、なにも見つかっていないんですよね」

「はい。さようでございます」

「綺麗な骨になるまでのあいだ誰にも気づかれずにいることは可能なんでしょうか」

「土中に埋めた死体が骨になるには何年もかかります。気づかれないのは不可能かと思います」

だとしたら秋官たちも翠蘭も不可能を可能にする方法を見つけださなければならないのか。難儀なことだ。

「私は私で勝手に見てまわるので、どうぞ仕事を進めてください」

と翠蘭が言うと、秋官は再び拱手して自分の仕事に戻っていった。

――まず、誰が死んだのかを探るところからだよね。

後宮で行方不明になっている者を洗い出せば見つかるのではないだろうか。

広くて、住人が多いといったって、後宮内部という縛りがあるなら、限りがある。住人台帳に記載されていない住人はいない。となると案外、髑髏の主捜しは手早く終わるかもしれない。

——髑髏を見れば頭の大きさがわかるし、他の骨も見つかれば、当人の身長や体格もわかるはず。

思案しながら、翠蘭は秋官たちが調べているのとは別なところに足を進める。自分たちが来た道とは別方向を探ればいいかと、すすき野原を離れて後宮を囲む高い塀に向かう。

すると——錦秋《きんしゅう》の林から、人影が抜け出てくるのが見えた。

女性である。髪を耳の上で双輪に結いあげて銀の簪《かんざし》でまとめ、残りの髪は背中に長く流している。水仙の花を模した銀の耳飾りが、ゆらゆらと揺れている。鮮やかな橙の上襦に同じ橙の裙。帯は深い緑で、領巾は淡い色の緑である。

宮女ではないだろう。忙しく立ち働く宮女は、仕事の邪魔になるから、揺れ動く耳飾りをしないのだ。

翠蘭より、拳ひとつぶんくらい背が低い。手足は細くて長く、背をのばしてまっすぐと歩く姿が美しい。

林から出た女性は、途中で、こちらの様子を窺うように足を止めた。秋官たちが地面を掘りかえしている様子が、不気味だったのかもしれない。それでなくても、ここで髑髏が見つかったという噂は後宮内に広まっているのだ。

そのまま彼女は後ずさり、またもや林に戻ろうとするそぶりを見せた。

「お待ちください」

翠蘭はぱっと駆けだした。逃げるものを見ると、追いかけたい資質である。それに林に戻ったところで行き着く先は高い塀だ。妃嬪は門を抜けられない。

待てと言われたからではないのだろうが、彼女は足を止め、不安そうにこちらを見返した。

追いついて、顔を見る。

弓なりの眉の下、切れ長の目が優しげだった。まだ化粧に慣れていないのか、白粉《おしろい》がまだらで、鼻の上に散らばった淡い色の雀斑《そばかす》を隠しきれていない。けれどそれが、不思議な魅力を彼女に与えていた。鮮やかな秋の木の葉についた小さな虫食いが、ときどき、ちょうどいい形で、見る者に愛おしさを感じさせるように。

「あなたとお会いするのは、はじめてですね。水月宮の、翠蘭と申します」

翠蘭は自然に彼女の手を取って、礼をする。妃嬪の誰に対しても、翠蘭はそうする。ここは道ともいえぬ獣道だ。高貴な女性が歩くには足もとが悪すぎる。翠蘭も女性だが、日頃から鍛錬して足腰を鍛えているので、多少の悪路では転倒しない。

女性は目を瞬かせ、ぽっと顔を赤らめ「翠蘭さま……」とつぶやいた。

「はい。あなたが秋の木々がつかわした神仙の化身ではないのなら、お名前を教えていただけますか」

「玉風と申します。十日ほど前に輿入れし、才人の位と樹氷宮《じゆひようきゆう》を陛下に授かりました。どうぞお見知りおきを。あの……ごめんなさい。私はつましい家の生まれなので、こういうときにどうすればいいのかわからないのです。道でばったり会った他の妃嬪に声をかけていいのかどうかもわからない。そもそも道でばったり会わないし。だって、皆さん、道を歩かないから」

それで逃げようとしたのか。

育ちのいい妃嬪たちは輿に乗ったり駕籠《かご》に乗ったりして移動する。この国の高貴で裕福な女たちは、皆、纏足で足を小さくしている。長い距離を歩ける身体ではないのだった。

玉風は翠蘭の手から自分の手をするりと解き、拱手した。

「樹氷宮というと、このすぐ近くですよね」

水界宮からさらに西に行くと狭い宮がいくつか連なって建てられている。そのなかの一棟だ。

「はい。そのはずです」

「その……はず？」

「恥ずかしいお話ですが、道に迷ってしまいました。後宮は広くて気づいたら林を歩いていたんです」

眉間にしわを寄せ、困り顔で訴える玉風に、翠蘭は笑い声をあげたのであった。

玉風を皇帝のところに連れて戻ると、皇帝は例によって鷹揚《おうよう》にうなずいた。うなずくだけで声を発さずとも、あとは、まわりのみんながいいように動いてくれるのだ。

玉風は義宗帝に会うのははじめてらしく、まずその美貌に見惚れてぽかんと口を開けていた。次に、はっと我に返り、ぎこちない揖礼をし、目を伏せたままじっと静かに固まった。

そりゃあそうかと翠蘭は思う。妃嬪と道で会うことにすら驚いているのだから、皇帝と顔を合わせたら、もっと驚くのは当然だ。

「樹氷宮の玉風です」

翠蘭が告げると、

「玉風、顔を上げよ」

皇帝が口を開いた。

「は、はい」

「その耳飾りは、そなたに似合う」

「はい。ありがとう存じます」

「そなたの素朴な美しさには銀がよく似合っているな。銀は年若い者の肌に合う。ただし簪の挿し方は」

義宗帝は玉風の髪に触れ、簪の位置をずらした。

「このほうが、より似合う」

「はい」

目元をぽっと染めた玉風に義宗帝が微笑みかけ、その後で、なぜか得意げな顔になって明明と翠蘭を見た。

――学習している⁉

明明と翠蘭のやり取りを聞いて皇帝は「妃嬪に対する誉め言葉の効果的な使い方」を取得したのだ。そして応用したのだ。ついでに「やればできるぞ」と明明と翠蘭に誇示してみせたのだ。

「これからも私のために美しく装うことだ。そのうちそなたを伽《とぎ》に呼ぼう」

皇帝はそう言って床几から立ち上がる。

すっと姿勢を正し、水界宮の方向にまなざしを向ける。石畳を宦官たちが走ってくるのが見えた。先触れの声をあげ走る宦官たちの後ろで、大仰な輿が大柄の宦官に担われて運ばれている。

「太監の輿だ。見つかってしまったな。そろそろ私は執務に戻らなくてはならない」

太監とは、宦官の長である。禿頭《とくとう》の老いた太監は、野放図な皇帝にふりまわされながら、よく尽くしている。

皇帝は名残惜しそうに明明の饅頭や油条を見た。その残念そうな顔は、玉風に向けて欲しいと翠蘭は思う。食べ物のほうが妃嬪より大切なのか。

「陛下との語らいをもっと楽しみたかったのに残念です」

とってつけたように翠蘭がそう言うと、

「ならば、後ほど私はそなたの宮を訪れよう」

返事があった。

「え」

咄嗟に声が出た。義宗帝が小さく笑った。

「私の可愛い猿は、人の言葉を覚えたてだから、たまに妙な鳴き声をあげる」

「申し訳ございません」

「そなたが私と長く過ごしたいなど欠片も思っていないことは知っている。しかしその本音は隠すものだ。気をおつけ」

口元は笑っているが、目は笑っていない。首筋にひやりと冷たい刃が突きつけられた心地で、翠蘭は「はっ」と拱手した。

＊

野遊びから連れ戻された義宗帝は、執務室で紫檀《したん》の几《つくえ》に肘をつき、こめかみをひとさし指でゆるく押しながら、胡陸生《こりくせい》の報告を聞いていた。

「畏れながら院試試験に不正の疑いがございます」

陸生は、刑部を取り仕切る長――刑部尚書官《しょうしょかん》である。

白皙《はくせき》に、奥二重の切れ長の目。高い鼻梁《びりょう》に薄い唇。顎《あご》も細く、男にしては線が細く神経質そうな容貌の持ち主だが、見た目とは裏腹に性格はおおざっぱで不器用だ。

頭頂部でひとつに結った髪の上に皮で作られた弁という帽子をかぶり、飾り気のない銀の簪で留めている。艶を消した黒の絹織りの直領上衣は襟と袖に赤で刺繍が施され、赤い裙の裳裾は白い。

衣装の趣味は彼の妻の選択によるものだ。

陸生が自分で選んだら、どうでもいい布の袍に、どうでもいい帯を巻き、汚れた裳裾を気にも留めずに登庁するに違いない。簪のかわりに筆を挿すだろうし、髪もこんなに綺麗に結えていないのではと思う。

――それなのに数字と文書についてだけは細かいところまで気づくし、頭には読んだもの、見たもの、すべてが入っている。

数字と文書を読むのがとにかく大好きな変わり者が、陸生だ。

変わり者だから彼は賄賂を好まない。金品に重きを置かない。清廉潔白な学問の徒で、五年前に科挙試験を第一位で合格した。

できすぎる若者は、老いた男たちにとっては覚えが悪い。放置していたら、優秀すぎるからこそ、足を引っ張られてつぶされていただろう。それがわかっていたから、義宗帝は彼を引き立てた。出る杭は打たれるが、出過ぎる杭は打たれない。

「疑いとはどういうことか」

義宗帝は静かに問い返す。

院試とは、国立学校の学生になるための試験である。県で試験をし、合格すれば府試が続き、それに合格すると、南都から派遣した学政の管轄のもとに院試が行われる。院試に合格すると、士大夫と呼ばれ、そこでやっと中央の官僚となれる科挙試験の受験資格が得られる。

科挙は、家柄にとらわれず有能な者だけを政治に取り込める制度ゆえ、男は誰も彼もが科挙試験を目指す。三年に一度の科挙に受かりさえすれば、官僚となり、財を築ける。

受験する側も必死、受けさせる側も必死だ。

「事前に問題を入手して挑んだ者と替え玉と交代し受験をした者がいるらしいとの報告が

あります」

「ならば、もう、させるな」

問題を入手した者がいて、入れ替わり受験をした者がいるなら、もう「させるな」。それで話は終了だ。

「そなたが不正があると報告するのなら、不正はある。不正を行った人物の特定もできているのだろう。違うか」

陸生がそれだけの有能な男なことは知っている。

「はい」

「その者の任を解き、資格は剝奪しろ。来年の科挙試験の前までに洗い出せばそれで充分だ。院試を不正に合格したところで、その者は地方の士大夫で留まる。不当なことをしないと合格できない実力の者が科挙試験を通過できるはずがない」

「はい。そうなると学政が任を解かれますが、よろしいですか」

しれっと応じられ、そこでやっと義宗帝は指をこめかみから外し、顔を上げた。

「学政が」

――中央から派遣している教育長官ではないか。

学政の不正は規模が大きすぎる。もっとささやかな不正かと思っていたら、とんでもなかった。

「皆が科挙試験を目指すわけではないんです。地方では、院試に合格することで名を上げて、その地の有力者におさまるのを目的とする人間もいるのです。学政がそういった人びとから賄賂を受け取り、院試を通過させているようです」

陸生の言葉に義宗帝は几に肘をついたまま腕を組み、思案する。

「証拠はあるのか」

「いまのところ、まだ確たる証拠はございません。ですが院試の結果と科挙の試験結果がことごとく、ずれています。地方の試験で優秀な成績を収めて士大夫になったのに科挙の成績はさんざんな者が増えたのが二年前。当時の試験の答案を取り寄せてみたところ、同一人物のはずなのに筆跡の違う者が何名もわらわらと出て参りました」

答案用紙は途方もない数のはずだ。そのすべての筆跡が陸生の頭に記憶されているというのか。

「二年前に学政が変わったからな。それで学政があやしいとそなたは思っているのだな。しかし、筆跡が違うならそれを証拠にできるのではないか」

「時間が経てば字も変わると言われればそれまでです。来年の科挙試験の前に、あやしい芽は摘んでしまいたい。手荒ですが、おびきだして自白させるのも一案かと考えております」

ただし、それには皇帝の許可がいる。

しかもこれだけ大規模な不正であるなら、学政の共謀者がきっと何人も潜んでいるに違いないと陸生は言う。

手荒だけれど、面倒事は一掃《いっそう》できる。うまくいけば、なんでも自分たちの好き勝手ができると思い込んでいる官僚にお灸《きゅう》を据えることもできそうだ。

科挙や院試だけではない。どこでもかしこでも官僚たちは、義宗帝の目を盗んで私腹を肥やそうとする。

——この国は平和になって、そして貧富の差が増すばかり。

皇帝の権威がたしかな時代ならば、命を受けて手足となって働く有能な官僚たちは義宗帝の力となったことだろう。

けれど、いまは、違う。

皇帝の威光は地に落ちて、政治を支配しているのはむしろ官僚たちの側である。悪徳な士大夫は地方にもはびこり、土地の名士となって賄賂を集め、やりたい放題。南都の政治もまた、官僚の省庁同士でつばぜり合いをくり広げていた。

「数字と文書に几帳面なのに、やることがおおざっぱな、そなたらしい案だ。好きにしていい。だが、書類は残すな。上申書を出されても私は印を押さぬ」

責任は持たないと言ってのける義宗帝に対し、陸生は「はい」とうなずいた。

「好きにします」

不始末が起きても、陸生は自分で尻ぬぐいができるだろう。そういう部分も信頼している。

義宗帝は軽くうなずき、手元に視線を落とす。

積み上げられた文書がいまにも崩れ落ちそうだ。昼前に外歩きをして留守にしただけで、どうしてこんなに書類がたまるのか。書類とは、もしかしたら、雌雄《しゆう》があって目を離した隙に子を産むのかもしれない。

目を通して、許可と不許可を振り分け、不許可の書類には朱色で理由を書きしるす。

陸生が不許可になった書類をばさばさと乱暴に束ねていく。すぐに重ねるものだから、朱色の字が、重ねた紙に写る。

陸生のそのおおざっぱさを、指摘しないまま、楽しく眺める。変わり者が、変わった様子を意図せず発揮しているところを観察するのが義宗帝は好きなのだ。

「そういえば力のある道士の娘が後宮にいるそうですね」

陸生が思いだしたように、口を開く。

「道士の娘？」

道士と聞いてすぐに思い浮かべるのは、不老不死の神仙術だ。幽鬼を祓い、護符で人を守る。

「呪いについて知識があり、幽鬼を祓える、不思議な力を持つ娘が妃嬪にいると、うちの妻がどこからか聞き及んで参りました」

「陸生は道教を信じないのだと思っていた」

「妻は信じております。それに、私も、信じていないわけではありません。地相学や風水の類は、経験則に基づいて積み立てた学問として、腑に落ちるものがあります」

「そなたはなんでも学問にする」

「はい。生きていくことはすべて学問に通じます。その妃嬪、女の身ながら修行を積み、けれど結局、女の道士では役に立たないからと客が寄りつかず、食い詰めたのだと妻が申しておりました。かわいそうな女です」

しんみりとして陸生が言う。

――後宮に嫁ぐことがかわいそうだと、うっかりと言ってしまう。

陸生は仕事だけは有能なのに他は愚かで、目が離せない。自分の側に置いておかねば、きっとあっというまに百の杖刑となり傷をきっかけに命を落とす。

「――陛下はもうその妃嬪とお会いになりましたか？　道士の方たちはどのような書物を読み、学んでいらっしゃるのでしょうね。私もできるものならその妃嬪に道教の教えについて話を請いたいものです」

陸生が笑顔で続けた。

「さて、会ったかどうか」

義宗帝は手を止めて首を傾げる。

妃嬪たちがどこの生まれで、どんな家から嫁いできたのかを、義宗帝はいちいち調べたりしない。官僚たちと貴族たちが勝手に決めて、勝手に後宮に連れてくる。会って、話して、気が向けば寵愛する。

——不思議な力というと、翠蘭昭儀だ。

翠蘭は義宗帝の神剣を佩刀したときだけ幽鬼を見ることができる。他の妃嬪にはない巫術の力だ。

はたして彼女は道士の娘だったか。泰州の山奥から嫁いできて、武に強いことと、自分にとって神剣であることは知っているのだけれど。

——あれは道士の娘なのか？　生まれの問題ではなく、育ち方と教え方で、翠蘭は特殊な力を得たのだろうか。

「会ってみるか？　その妃嬪に」

気まぐれにそう言うと、陸生が目を輝かせて「よいのですか。お会いしたいです」とうなずいた。

後宮の妃嬪に男の官僚を会わせていいはずがない。

後宮に男は入れないし、妃嬪は後宮から出られないのだ。

——それを、陸生は望めばすぐに会えて、語れるかのような言い方をしている。なんと、あやうい。

「そうはいっても後宮の妃嬪なのだ。あれは外には出られない。後宮に私以外の男を入れることもかなわない。もしも秘密裏に、妃嬪とそなたを会わせ、間違いが起きればそなたを殺めることになる。間違いが起きなくとも、この事実が誰かの知ることになれば、そなたを殺めなくてはならない。――胸が痛むが、学びのためなら命がけのそなたの態度、まこと好ましい」

その言葉に、陸生は「ひっ」と声を上げた。

どうやら言われるまで気づきもしなかったようであった。

義宗帝は薄く笑い、

「許す」

と、そう告げた。

2

義宗帝の退場で、楽しくない野遊びはすぐに終わり、翠蘭は、玉風を樹氷宮に送ることにした。

「銀泉《ぎんせん》さんが、すすき野原に近寄ったら、ろくなことにならないから、行っちゃ駄目だよって教えてくれてたんです。なのに私ったら道に迷ってしまって」

銀泉が誰だかは知らないが、きっと、玉風の宮女なのだろうと「そう」とうなずく。

しょんぼりと語る玉風が愛らしく、つい、翠蘭は「じゃあ、あなたの宮まで送る栄誉を私に与えてくれないかしら？　あなたがまた迷って、ここに戻ってきてしまったら困るもの」と提案したのだった。

「畏れ多いことです」

玉風が恐縮する。

樹氷宮は、御花園から水月宮にいく途中に位置する。

「ついでですもの。では参りましょう」

立ち上がり、玉風の先を歩きだす。

「はい。ありがとうございます」

たくさんの料理を詰めた箱を抱え、明明と雪英もついてくる。

掘りかえされる地面を見ながら食欲が減じなかったのは義宗帝と翠蘭だけで、明明も雪英もげんなりしていて、あまり食べられなかったようである。

「陛下のご寵愛の深い翠蘭さまにわざわざ送っていただけるなんて、光栄です」

翠蘭の少し後ろを歩く玉風が恐縮したように、そう言った。

華封の後宮では、西より東にある宮のほうが妃嬪の地位が高い。そして、皇帝が過ごす乾清宮《けんせいきゅう》に近い位置の宮で暮らす者のほうが帝の寵愛が深いとされている。

「どこでどう間違えたかは知らないけれど、訂正しておくわね。私への寵愛は深くない。私の過ごす水月宮は、西にあって、陛下がいらっしゃる乾清宮から遠いのよ」

「だけど、最初に与えられた宮から、後に引っ越すこともあるって銀泉さんから聞いてます。翠蘭さまはきっとそのうち、後宮の東の、乾清宮に近い場所にお移りになるに違いないって。……羨ましいです」

——羨ましい？

翠蘭は不思議な気持ちで立ち止まり、玉風を見返した。この後宮に来て、皇帝の寵愛を得ることを素直に羨ましがる妃嬪と会うのは、はじめてかもしれない。

「それはないと思う。私はずっと水月宮で過ごすわよ」

東にあり、かつ乾清宮から近い位置にあるのは、まず、皇后の暮らす水晶宮《すいしょうきゅう》。水明宮《すいめいきゅう》は徳妃の住まいであったが、徳妃が子を得たため夏往で暮らすことになったので、いまは無人だ。あとは、水鞠宮《すいきゅうきゅう》と明澄宮《めいちょうきゅう》。どこもすでに皇帝に頻繁《ひんぱん》に伽を命じられる妃嬪たちの住まいである。

義宗帝に剣として仕える翠蘭の居場所ではない。

「そんなことないと思います。だって、陛下、さっきもずっと翠蘭さまのこと愛しげに見てましたよね。……素敵ですね」

「……素敵ですね？」

思わず驚きの声が出た。

この後宮にいる妃嬪はみんな、義宗帝に殺意や憎しみを向けているはずだ。愛しげに見つめているとか、それを素敵ですねとか口にする妃嬪がいるとは思ってもいなかった。

途端に、玉風は顔を強ばらせ、息を呑んで固まった。

そして次の瞬間に、玉風は地面に膝をつき叩頭《こうとう》した。ぶるぶると震え、小声で侘びる。

「申し訳ございません。才人の分をわきまえず昭儀に馴れ馴れしいふるまいを……」

翠蘭は慌てて屈み込み、玉風の腕を引き上げ、顔を覗き込む。

そういえばここは後宮なのだ。立場の違いを気にする者がほとんどだ。宦官の雪英も最初はこうだった。自分が常に全方向で埒外なので忘れかけていたけれど。

「いいえ。それは別にいいの。私は後宮に来る前は山奥で暮らしていたし、礼儀を知らないのよ。堅苦しいのはやめてちょうだい」

「はい」

「立つことを命ず。普通にして」

翠蘭は玉風の身体を引き上げて、微笑む。とりあえず、なんでも「命じて」しまえば、なんとかなるのは義宗帝を身近に見て、習ったのである。

「……よかったら、ゆっくりと御花園の花を愛でながら帰りましょう」

翠蘭は玉風の腕にそっと触れ、引っ張った。

「せっかくここでお会いできたんですもの。私はあなたの話が聞きたい。いいかしら」

「え……はい」

頬を赤らめた玉風に、翠蘭の背後で明明の長いため息が聞こえた。

そのままぶらぶらと御花園に向けて歩きだす。玉風の歩く速さに隣で合わせ、石畳を辿り、しばらくすると、色とりどりの菊の花が咲き乱れているのが見えた。

「待っていて」

翠蘭は玉風に声をかけ、御花園に咲く菊を吟味《ぎんみ》して、淡い桃色の小菊を一輪、手折る。

「安心して。勝手に摘み取ったわけじゃない。陛下からは、御花園の菊の花を手折る許可を得ているわ」

玉風の髪に手折った一輪を挿すと、

「え」

と玉風が目を丸くした。

「道に迷ったうえに、秋官たちが調べ物をしているあやしい場所を通りかかって、不安だったのではなくて？　菊は死者を癒やす花よ。これを陛下からいただいたものだと思って、受け取って」

「嬉しいです」

玉風が菊を指で触り、恥ずかしそうに微笑んだ。

「もし、気になるようなら、きちんとした護符を誰かにいただくといいわ」

なんの気なしにそうつけ加えると、玉風が困ったように眉根を寄せた。

「お金がないので、この菊を大事に部屋に飾ろうと思います。丁寧に乾かして、花びらをほどいて、お守りにしますね。きっと御利益があるに違いありません」

翠蘭はまたもや驚いて、言葉を呑み込んだ。

——お金がない？

そうして——翠蘭は玉風を樹氷宮に送り届ける。

翠蘭たちの暮らす水月宮は、西であり、かつ乾清宮から遠いのだが——樹氷宮はその水月宮よりさらに西にあり、乾清宮から距離があった。ほぼ、後宮の果てのような場所である。

「あなたの宮は、ここで合ってるのかしら？」

おそるおそる聞いてしまったのは、樹氷宮が廃屋じみていたからだ。門の色はところどころ剝《は》げかけて、家屋の瓦も何枚か欠け落ちている。

「合っております」

塀に囲まれた宮の大きさは、おそらく水月宮の四分の一。

翠蘭は腕組みをしてしばし眺め、おもむろに告げる。

「お邪魔してもいいかしら。私、大工仕事が得意なの。屋根と門を直させてもらうことにするわ。まず今日は下見から」

「え」

きょとんとした玉風のことは無視した。後ろで、またもや長いため息を吐いた明明を振り返ることなく、翠蘭は樹氷宮に入っていく。

「翠蘭さま、お待ちください。この宮には宮女も宦官もいないのです。私と銀泉さんがおもてなしの支度をしないとならないのです。粗相《そそう》があるかもしれませんが、お許しください」

宮女がいない宮があるのかと、翠蘭は驚いて目を見開いた。

「粗相なんてないわよ。私は、屋根にのぼって瓦を見たいのと、門や塀と、あとはついでにあちこちの建て付けを見せてもらえればそれでいいから」

「そんなわけにはっ。――銀泉さん、銀泉さん、翠蘭さまがいらっしゃいました」

悲鳴のような声をあげる玉風が宮のなかに駆け込んだ。

「なんですか、玉風さん。そんな血相を変えて走ってきて」

ふわあっとあくびをしながら顔を出したのは、しなやかな美女であった。日に灼けた肌は、妃嬪のなかでは珍しい。青い絹に赤い花の刺繡を施した衣装は、豊かな胸を見せつけるようにはだけている。半円を描く形で結い上げた髪に赤い簪だけを飾り、耳元で揺れているのは珊瑚玉だ。

「……え。翠蘭さま。なぜ、ここに」

美女がぽかんと口を開け固まった。

「ですから翠蘭さまがいらしたんです。お茶を……ああ、だけどお茶はこのあいだ飲み尽くしてしまいましたよね。せめて白湯《さゆ》を。そう、水だけはある。汲んで参ります」

玉風が勢いよく井戸のある庭に飛び出していった。


一刻後——翠蘭たちは樹氷宮の餐房で、白湯を飲みながら、箱詰めにした明明の料理を広げ、舌鼓を打っていた。

翠蘭は先に仕事をしたいと屋根にのぼって瓦の様子を見終えていた。梯子がないというので、「なきゃないで、庭の木からのぼれるからいいよ」とするすると木から枝伝いに塀にのぼり、そこから屋根に到達した翠蘭を、銀泉も玉風も呆気に取られて見上げていた。

「瓦は飛んでたけど屋根に穴はあいてないみたいね。他のところは今度また見にくるわ。門の塗料も塗り替えたいし」

いそいそと家屋の修繕の予定を語る翠蘭に銀泉と玉風は困惑し「お湯しか出せずすみま

せん」と小さくなった。

「お湯は身体にいいの。それに美女と一緒に飲めるなら、なんでも美味しい」

翠蘭は袍の裾をぱっと後ろにはらって、椅子に座る。

美女の名前は、淵《えん》銀泉。もともとの樹氷宮の主であり、玉風と同じ世婦で三十歳になったばかりの才人であった。

ちなみに玉風は二十歳になったばかりらしい。

「私にできることがあればなんでも言って。大工仕事は趣味なのよ。おふたりは似てはいないけれど、ご姉妹か親戚？」

翠蘭が潑剌《はつらつ》と言うと銀泉と玉風はふたりで顔を見合わせた。

「いえ。血のつながりはございません」

ふたりしてそう言って、言葉が重なったことに驚いたようにまた顔を見合わせ、笑った。

仲が良い。

笑いをおさめて、玉風が話しだす。

「銀泉さんとは血がつながっておりませんが、実は、私には後宮に先に入っている伯母《おば》がいるのです」

伯母の名は、尹雨桐《うとう》というとのことだ。

「伯母は、いま四十五歳で、妃嬪ではなく宮女として三年前に後宮につとめることになったのです。その伯母に頼りになってもらえるかと手紙を書きましたけど、返事が戻ってこなくて……」

玉風がしおれた様子で言った。

「……忙しいのよ。だっていま、水晶宮につとめているんでしょう。あそこは人使いが荒いから」

銀泉が宥《なだ》めた。

水晶宮は皇后の宮だ。

「水晶宮は大変そうだけど、優秀な宮女しかいないところよ。あなたの伯母さんはきっと有能なのね」

翠蘭が言うと「いえ」と玉風が言葉を濁す。

銀泉が、それきり黙ってしまった玉風を労《いたわ》るように見つめ、口を開いた。

「玉風さんの伯母さんはもともとは水明宮につとめていたんです」

水明宮というと——徳妃がいた宮である。

四夫人のひとりという高い地位を与えられた徳妃は、美しい女性で、義宗帝の寵愛を受けていた。

けれど彼女は皇帝の子を腹に宿したことを隠し、軍につとめていた実の兄と手を結び、皓皓党《こうこうとう》という名の反乱軍に与したのだ。

翠蘭の働きにより、皓皓党の謀反《むほん》が発覚したのは、春先の出来事である。

結果、皓皓党に関わった人びとの多くが捕えられ、斬首された。ただし首謀者である徳妃の兄は都から行方をくらまし、追われる身となった。そして、徳妃は義宗帝の子を腹に宿していたがゆえに斬首刑を免れた。

皇帝の子を殺めるのは、罪になる。

そのため、徳妃は子を産むまで生きながらえなければならないのであった。

罪人として夏往国に連れ去られた徳妃が、彼の国で、どういう扱いを受けているかは翠蘭たちにはわからないことである。

——陛下の子は育ててくれるだろうけど、産んだあとの母がどうなるかなんて誰も知らない。

銀泉は、徳妃が後宮を離れた事情について、どう言えばいいのかをためらっているのだろう。迷う顔で翠蘭を見やった。

「では玉風さんの伯母さんは徳妃さまのところにいたのね。徳妃さまはめでたくもご懐妊されて夏往国に行ってしまわれたから、水明宮はいまはもう無人。けれど徳妃さまに仕えていた宮女たちは後宮に残ったと聞いているわ」

一番言いづらい部分を翠蘭がさらりと告げたため、銀泉がほっとした顔になった。

「そうなんです。皇后さまの水晶宮と淑妃さまの明鏡宮で、残った宮女たちを雇い入れてくださったんです。ありがたいことです。お金持ちの妃嬪の皆さんはわかってないけど、みんながみんな後宮の外に居場所があるってわけじゃない。後宮から放りだされたら路頭に迷う者もいる」

銀泉の言葉に、玉風が小さくうなずいた。

言われた言葉の意味はわかる。けれど、きちんと把握できない。後宮の外に居場所がない人がいるという事実が翠蘭にはすぐに呑み込みかねて、首を傾げて銀泉と玉風の顔を交互に見た。

ふたりとも真顔だった。

「でも、やっぱり選べるなら、水晶宮よりは明鏡宮につとめたいわよね。あんたの伯母さんも、明鏡宮で働いてたらとっくに会えてたのかもしれないよね。そうしたら、梯子を使ってこっそり乗り込んだ挙げ句、会えずに追い払われて逃げ帰るなんて馬鹿な目に遭わなかったろうにさ」

銀泉が難しい顔でとうとうと述べ、

「……ごめんなさい。梯子も置いて帰ってきちゃったし」

玉風がしゅんとして謝罪する。

「それは別にいいんだって」

銀泉が苦笑し、玉風が、申し訳なさそうに目を伏せた。

――梯子を使ってこっそり乗り込んだ挙げ句、会えずに追い払われて逃げ帰る？

「……流行っているのね、梯子」

翠蘭の唇から言葉が転がり落ちる。

そういえば義宗帝がそんなことを言っていた。

たぶん義宗帝はふらふらと出歩いているときに、相次いで置き去りにされた梯子を見かけたのだろう。翠蘭の梯子と玉風の梯子。それで「流行っているのだな」と結論づけて、自分も使って、のぼってみたのだ。なるほど。

「あなたたちはふたりでここで暮らしているの？」

翠蘭はつい、ふたりにそう聞いてしまう。

翠蘭にとってさっきから、銀泉と玉風の語る言葉の一部は「理解できるのに、実感ができない」という不思議な感触のものであった。

問われた玉風が恥ずかしそうに身を縮め、うなずいた。

「はい。私たち、樹氷宮で一緒に寝起きをしているのです。輿入れして、なんにも知らない私に、銀泉さんはいろいろと教えてくれます。樹氷宮はそれこそ西にあり、御花園の側で、陛下の覚えの薄い妃嬪の宮ですけど」

そういえば玉風は銀泉のことを「さん」づけで話していた。宮女に対して「さん」はつけない。立場が同等だから「さん」づけだったのだ。

「珍しいわね。ひとつの宮をふたりの妃嬪で使うのは」

「ええ。今上陛下の後宮では、他にいないみたいですね。最初に交渉したときに、そう言われました。でも先代にはそういう妃嬪もいたという書物を読んだので、それをたてにとって、前例があるから認めてくださいって交渉して、ここで暮らさせてもらうことになったんです」

「交渉？」

きょとんと聞き返すと「それを聞くと、長い話になりますよ」と銀泉が困った顔になる。

「長くてもいいわ。そのお話は気になるもの」

翠蘭が返事をすると「だったら」と玉風が語りだした。

長いうえに、とりとめのない話になりますけれどお聞きください、と前置きし――。

「そもそも私の家には、花嫁道具を用意する財がないという事情が銀泉さんとの同居に至る発端です。私は南都の貧民街の生まれで――育ての親の借金のかたに、娼館に売られるか、そうじゃなきゃ商人の娘の身代わりに後宮に入るかのどちらかを選べって借金取りに詰め寄られて、それで後宮を選びました」

思いがけない言葉だった。後宮の妃嬪になることが娼館に売られることと同列なのか。けれど言われてみれば、どちらも、女を売って生きていく場所である。

「育ての親は善人すぎて、病で伏せて働けなくなったところで、だまされて、借金の証文をとられちゃったんですよ。いい人なんですよ。捨て子の私を拾って、ここまでまっとうに育ててくれた。まあ――貧民街ですから、まっとうと言っても、妃嬪の皆さんの思うまっとうとは違いましたけど――でも、私は充分に幸せだったんです。だから、お父さんのためになるなら、輿入れも仕方ないかって」

　それに後宮には伯母もいますからと、玉風が笑顔で続ける。

「伯母と言っても、父の姉だから、私と血がつながってるわけじゃない。それでも、血縁のない私には、伯母なんです。伯母も父がだまされて借金を作って、それをどうにかするために娼館に売られるか後宮の女官として仕官するかの二択になって」

――待って。あなたのお父さん、そんなに何度も借金をしてるの。それって善人だったとしても、だめな善人なのでは。

口にしたらそれは玉風の父に対しての罵倒《ばとう》につながる。言いたいことを呑み込んで、まず、玉風の話を黙って聞くことにした翠蘭だ。

「それで伯母は後宮に入って、最初のうちは手紙の返事もくれていたのに――仕官をして半年後に『私は後宮で生きていく。外に出ることはない。だから、もう返事を書けない。私のことは、いなくなったものとして忘れるように』って手紙が来て、それきりなんです。それまであった仕送りもそこで途切れて……けど、私が後宮に入ったら、また会えるのかなって思いました。それが嬉しくて楽しみだった……。でも、伯母はそうじゃなかったみたいで」

後宮に入ることになったと手紙を送っても返事が来なかったと、肩を落とす。

みんなは押し黙った。

ここにいるのは全員が「広いのに狭い」後宮というこの場所で生きていくしかない者たちだった。

玉風の伯母が返して寄越した最後の手紙の言葉は、みんなの胸の奥底のやるせない気持ちにじわりと染みる。

「……私、輿入れしろって言われても借金まみれでなにひとつ用意できなかったんですよ。よそのお嬢さんの身代わりとして、売られて、ここに来たんですもの。なんにも持ってない。私が持ってる価値のありそうなものは、この、母代わりに私を育ててくれた伯母がくれた銀の耳飾りだけ。これを売れば家財の用意ができたでしょうけど、どうしても売りたくなくて」

玉風が花を模した銀の耳飾りを指で優しくつまむ。縦長の水仙の花の下に雨の滴《しずく》のように連なる銀の飾りが揺れている。贈ってくれた人のことを懐かしむような優しい目で遠くを見る。

「それで、いろいろあって、しばらくのあいだ樹氷宮に間借りさせてもらう交渉をはじめたんです」

そう言って、玉風は、白湯をちびちびと飲んだ。

——交渉をはじめた？

さっきまでは玉風の気持ちにも、その伯母の気持ちにも寄り添うことができたのに、突然、またわけがわからなくなった。交渉って、どういうこと。

「いざ、後宮に入ってしまうと、内廷のことはすべて内廷で決めてくれってあちこちたらい回しにされかねないし、内廷の予算配分を仕切ってるのは皇后さまですもの。輿入れ前にしか交渉する機会がないんです。伯母が女官になった姿を見てたので、私、ちゃんとそういう事情は把握しておりました」

内廷とは、皇帝が「一家の主」として過ごす場のことだ。具体的には、義宗帝の私的空間である乾清宮から続く後宮すべてが内廷となる。

後宮は、名のある道士と地相学者の意見を取り入れ、皇帝の暮らす乾清宮を北に置いている。

華封の初代皇帝が龍だからだ。

青龍を表すのは東だが、龍の気があまりに強すぎると国そのものの均衡が崩れると懸念され、陰をまとう北の位置に建てられた。

そして丹陽城《たんようじょう》において、皇帝が群臣と共に朝議を行い政治を取り仕切る、乾清宮と続く後宮より南の場はすべて外廷と呼ばれている。

「内廷の予算配分って、そう……なの？」

初めて聞く事実に、翠蘭は思わず、後ろに控えて立っている明明と雪英を見た。本当なら並んで座って欲しかったのだが「よその宮で宮女と宦官が妃嬪と同席なんて、できません」と明明と雪英がかたくなに拒否したのだ。

明明は「宮と妃嬪たちへの予算配分をはじめとした細かなことは、皇后の裁量です」と、うなずいた。

「皇后や皇后の宮女たちに睨まれると、もらえるはずの炭や食料がもらえないとか、手当の支給が遅れることも、まれにあるという話は南都の実家にいるときに事前に聞いたんです。外に出す手紙も検閲されてるから、外にいる人たちの勝手な憶測かもしれませんけど……ありそうなことだなって思いましたから。やれることは事前に準備しておくべきでしょう？」

「…………」

「輿入れの話が来たときに、才人としてのお手当が月にいくらいただけるのかの確認ついでに、月にどれだけあればまともな暮らしができるかを自分で計算したんです。そうしたら、節約しないとしばらくはやっていけないってわかったんですよね」

「輿入れ前に手当の確認をして計算を……」

翠蘭には、言われた言葉をくり返すしか、できなかった。

借金があり花嫁道具が用意できないところまでは理解した。大事な耳飾りを売ることはできなかったというのも理解した。

しかし、輿入れ前に手当の確認をして計算するって、どういうことだ？

そもそも、花嫁道具が入手できない人間がいることを、翠蘭はいままで思いつきもしなかった。捨てられたとはいえ、翠蘭の実家は裕福な商家で、最初に翠蘭を預けたときに、託された老師にはたんと謝礼をはずんでいる。山奥で暮らしていたが、食べ物に困ったことはないし、明明という侍女もいた。お金の計算を自分でしようとしたことは、ない。

「あなた、しっかりしてるわね」

翠蘭の口から素直な言葉が転がり落ちる。

「とんでもございません。外でしっかりしていても、後宮に入ってみたら、わからないことばかり……」

玉風が困り顔でそう言うと、銀泉も「それは、あたしもそうよ」と同意した。

「私はともかく銀泉さんは妃嬪らしい妃嬪だと思うわ。後宮のことよく知ってるし美人だし化粧も上手だし話もおもしろいし」

玉風が早口で銀泉に告げると、銀泉が照れた顔で白湯を飲んで応じた。

「ちょっとだけあんたより長くここにいるってだけのことよ。化粧は教えたげるからさ」

「はいっ。銀泉さん」

「あんたのいいところってその素直なところと賢さよねぇ」

「銀泉さんて誉め上手なんだから」

玉風と銀泉がそれぞれを誉めあって、にこりと笑った。

互いを信頼しあっているのが伝わってくる笑顔に、翠蘭の心がふわりと優しく、甘くなる。自分と明明と似た繋がりをふたりに感じたのだ。

「とにかく……玉風さんは賢いんですよ。だって輿入れ前に借金取りと一緒に家に来たっていう尚書官をつかまえて交渉して、他の妃嬪と宮を共有したいという希望も証文に書いてもらったんだっていうんだからすごいでしょう」

銀泉が翠蘭の顔を見て誇らしげにそう言った。

「他の妃嬪との同居も、交渉次第でどうにかなるのね」

翠蘭は首を傾げて聞き返す。

「はい。どうにかなりました。うちに来た尚書官が尽力してくださいましたから。私の身の上話に同情してくれたんでしょうね。娘さんがいらっしゃるっておっしゃっていましたから」

「そう」

翠蘭は、もう「そう」しか相づちが打てなくなっていた。

「もちろん、位が高い妃嬪の皆さんは、私と同居なんてしてくれないの、わかってます。

それで、尚書官は太監に頼んで、太監が後宮の世婦の皆様ひとりひとりにあたってくださったみたいです」

「それで、あたしが同居してもいいよって答えたのです」

と銀泉が補足した。

「あたしも貧しかったし、いただいたお手当は、里の親に仕送りしてるから、人ごとじゃあなかったし。うちには宮女もいないし、宦官を抱える余裕もない。そういう宮でいいなら、来てもいいですよって太監にお伝えしたのです」

銀泉は玉風の話にうなずきながら、明明の料理に手をのばし、次々とたいらげている。いい食べっぷりである。

「銀泉さんは、仕送りをされているんですね」

翠蘭が聞くと、慌てたように口元を拭いて「はい」と翠蘭を見た。

「そうなんですよ。あたしには五つ下の弟がいて、なかなか賢くて見所があるんです。身びいきもあるとしても、弟には、親族一同、期待しているんです。きちんとした先生について学ばせたらいずれ科挙に受かるんじゃないかって。でも学ばせるにもお金がかかるじゃあないですか。それで、私が後宮に出稼ぎにきたんです。ここにいたら住む場所と食べることには困らないしお手当ももらえる」

それで、ちょっと美人だからって里ではちやほやされてたから、妃嬪になったら、陛下の目に止まるかもって思ったんですけど……と、銀泉は笑って続けた。

「輿入れしたら、まわりはとんでもない美女ばかりで、こりゃあ無理だなって思い知りました。それでもいままでで三回は絹の袋に包まれたんですよ。そこで懐妊できたらよかったんですけど」

義宗帝から夜伽の声がかかると、一糸まとわぬ姿で、絹の袋に包まれて乾清宮へと運ばれるのだ。だから夜伽に呼ばれることを絹の袋に包まれると、そう言い換えることが多い。

——懐妊できたらよかった？

翠蘭は目を瞬かせ、銀泉の言葉を脳内でくり返す。

「銀泉さん、まだまだ大丈夫ですよ。いつかどうにかなりますよ。がんばりましょう。私も早く呼ばれたいなあ」

玉風が銀泉を励ました。

——早く夜伽に呼ばれたい？

驚いている翠蘭の様子に、玉風が慌てた顔になる。

「……翠蘭さま、すみません。私たち調子にのっていろいろと話しすぎているかもしれないですね」

「いいえ。謝罪するようなことはなにもないので、あやまらないで。あやまらなくていいけど、教えてちょうだい。あなたたちは、陛下のお子が欲しいのね？」

そうしたら、ふたりは顔を見合わせてから「はい」と同時にうなずいた。

まっすぐに言われて、翠蘭は狼狽える。

「そう。陛下の子を産みたいと思う妃嬪がいるのは後宮にとってとても良いことだわ。えと……これを私が聞くのはおかしいわね。おかしいのわかっている。でも……忌憚のない意見を教えていただけるかしら。陛下のことをどう思っているの」

怖々、聞いた。

――皇后さまは陛下を愛しているらしい。それは、わかってる。だから陛下が他の妃嬪たちに愛情をかけると、嫉妬をする。

一方、妃嬪たちの大半は、義宗帝を「なんとも思ってはいない」のだ。むしろ憎んでいる妃嬪が多かった。

けれど――。

「本音を言うことを許していただけるでしょうか」

小さな声で玉風が問う。

「許します」

翠蘭が即答すると「では」と玉風が姿勢を正した。

「正直なところ、私は、陛下のことをよく存じ上げません。ついこのあいだ輿入れしたばかりで、さっき、やっとその龍顔《りようがん》を拝する機会を得たばかりです。それでも私は、陛下の子を産む決意で後宮に来ました。だから、これから、陛下を心の底からお慕いしようと決めております。翠蘭さまにはどうか私が陛下を愛することをお許しください」

「……許します」

翠蘭は再び即答した。

許すしかないではないか。そんなのは。真っ向から許可を求めて「許さない」と言われたらどうするつもりなのだろう。相手が皇后だったら、即座に、首をはねられかねない暴挙である。

「よかった」

ほっと吐息を漏らした玉風に翠蘭は問いかける。

「けれど、なぜ、陛下を愛そうと決めているの」

そんなふうに揺らがない目で言い切るに至った気持ちが、知りたい。ついこの間まで知らなかった男なのに。後宮でも、華封の国でも、疎んじられている義宗帝なのに。どうして。

「だって陛下がご存命の限り私はここで暮らすんです。もうどこにも戻れない。伯母からの最後の手紙を読んだときに、伯母の覚悟のようなものを、私、感じたんですよね。だから後宮に入ると決めたときに、私は、是が非でも、陛下と恋愛をしようと思ったんです。なにかをしようと決めないと、後宮に来てからの、残りの人生が空しいじゃないですか」

「…………」

「ものすごく熱烈な愛じゃなくても……陛下の一番は無理としても……ちゃんと陛下のことを好きになって、好かれようと決めました。そして命がけで出産をします。そのために参りました」

玉風がきっぱりとした顔で言い切った。

混じりけのない熱意が込められていて、翠蘭は硬いもので頭を殴られたような衝撃を受ける。

玉風は皇帝と恋愛する覚悟を決めて、子を産むために、後宮に来たのだ。

――すごい。

後宮に輿入れする女性として、まっとうなことを言っている。義宗帝の子を産むために後宮に集められたからには、生涯をここで過ごす覚悟を決め、彼を愛し、彼からの愛を得たいと、そう願っている。

本来ならこうあるべき妃嬪の理想像である。

「銀泉さんも、そうなのかしら」

翠蘭は銀泉に問う。

「あたしはそこまでの決意はないです。でも、できるものならご寵愛はいただきたいです。子どもを産んだら、お手当増えますよね。妃嬪としてのお手当をあげてもらえたら、仕送りできる額が増えます」

銀泉と玉風は「ね」と微笑みあった。

「そういえば、さっき、あんた、陛下にお会いしたって言ったわよね。会ったの？」

銀泉が小声で玉風に聞いた。

「そうなんです。私、陛下にお会いしたの。やっとよ、やっと。お話に聞いていたとおりに美しい方でした。あんな美形、いままで見たことなかったわ」

玉風が両手で頬を挟んで、うっとりと銀泉に告げる。

「どこで？　どこで？」

ふたりは、きゃあきゃあと色めきたっておしゃべりしはじめる。勢いがよすぎて、くらくらする。この、華やいだ女性同士のやりとりは、翠蘭がまだ知らないものだった。

——陛下に会ったことを僥倖《ぎようこう》としてきゃあきゃあ言い合っている妃嬪たち。

いるんだ。こういう人たちが、いたんだ。

後宮の妃嬪たちは、みんな、本音を裏に隠したまだるこしい会話をくり広げるのだと思っていたのに。

「会ったのは、御花園の外れの、髑髏が見つかったっていう場所なんです。私、道に迷ってしまってそこに行き着いて」

髑髏、と、銀泉がきょとんと首を傾げてから「ああ」とぽんっと手を打った。

「……すすきだらけの場所ね？　あそこで、骨が見つかったの？」

「そうみたいよ」

「なんでそんな場所に陛下がいらしたの？」

「調べてたのよ。翠蘭さまと」

「そういえば翠蘭さまは、不浄を祓う不思議な力があるうえに、武芸にも秀でていてお強いんですものね。今回の事件もお調べになるんですか？」

ふたりの目が翠蘭に集まった。きらきらとした期待に満ちたまなざしであった。

現実と乖離した翠蘭の噂はどこまで広まっているのだろう。真実はほんのわずかだけ混じっている。たしかに翠蘭は死んだ鯉の不浄を祓うふりをしたし、幽鬼を斬った。山奥で鍛錬してきたから、そこそこ強い。けれど、別に不思議な力は持っていない。

「ええ、まあ」

言葉を濁し、視線をそらす。

すると、玉風がなにか思いついたのか、翠蘭に向かって口を開いた。

「……翠蘭さま、私、その調査にご一緒してもいいですか。なんでもします。手足となって働きます。お願いしますっ」

卓に手をついてがばりと顔を伏せる。

「どうして……」

聞き返すと、玉風は顔を跳ね上げ、きらきらとした目で翠蘭を食い入るように凝視する。

その顔は思ったより真剣である。

「だって、そうしたら陛下の覚えがめでたくなりそうじゃないですか。私、陛下に加護をいただきたいのです。まず顔を覚えてもらわないと。そうですよね、銀泉さんも一緒にいきましょうよ」

「あたしも？　だけど……髑髏なんでしょう。そういうのは、あたし、ちょっと……」

怯んだように気乗りしない言い方になった銀泉を、玉風がかき口説く。

「そんなこと言わないでくださいよ。銀泉さんも一緒に行きましょう。こういうのって、ひとりより、ふたり。ふたりより三人っていう感じがしませんか？　それに、私は新参者だけど銀泉さんはここに長くいるぶん、顔が広い。いろんな人たちのお話が聞けるでしょう。そうですよね」

銀泉の返事を待たず、玉風が、きりっとした顔で翠蘭に向き合った。

「お願いします。翠蘭さま」

大きな声が響き渡った。

気づけば翠蘭は「わかったわ」と、うなずいてしまっていた。

わかりたいわけではなかったけれど——勢いと気構えに押されてしまったのであった。

そうして、翠蘭は、一日をかけて、銀泉と玉風と共に後宮を歩きまわることになった。

明明と雪英は先に水月宮に帰すことにした。明明は文句を言いたそうに目をつり上げていたが、玉風と銀泉がいたので、翠蘭を叱りつけることなくしぶしぶと去っていった。

銀泉は最初こそ、いやいやだったが、それでも玉風に引きずられると、断ることができないようであった。玉風が、なにかと銀泉を立てて「銀泉さんだったらどう考えますか」と聞くものだから、後宮の現在の勢力図をはじめ、さまざまなことを教えてくれるのだ。

翠蘭が「住人台帳が見たい。それと、後宮の人間の出入りや行方不明者、事故を含めて死亡した人の名前を知りたい」と言うと「だったらまず尚寝長《しょうしんちょう》のところにいきましょうか。どの妃嬪がどの宮で暮らすかの差配は尚寝官が把握してます」と銀泉が応じ、そのま、みんなを引っ張っていく。

「尚寝長って？」

「尚寝官の長ですよ。尚寝官は枕の配給をしています。後宮に運び入れるものはすべて事前にあらためて、危険ではないと認められてから、手元に届くじゃないですか。枕もそうです」

銀泉が説明をする。

「枕の数は、ここで暮らす人の頭の数と一致しているはずです。持ち込んだ枕も記録され、廃棄したときにも申告し、新しい枕をもらうんです。だから行方不明になった人がいたら、尚寝官が把握してる」

「そうなんですね……」

——私、なんにも知らないなあ。

尚寝官という役職があるのか。

義宗帝を世間知らずだと心のどこかで馬鹿にしてきたことが恥ずかしい。翠蘭もまたものすごく世間知らずであった。

「どっちにしろ尚宮《しょうきゅう》づとめをしている女官たちを次々つかまえて聞いていけば、なにかわかるかもしれないですね」

尚宮とは後宮内の実務を担当する役人たちがつとめる宮だ。

銀泉の説明に、玉風も納得している。

そんなわけで——最初に連れていかれたのは、後宮の西の片隅にある尚宮殿だ。普段、翠蘭が出入りしない殿舎である。他の宮とは違い大勢の人が行き来している。宦官たちに女官たち。みんなが常に手になにかを持って、足早に目的地に向かっている、そういう場所だ。

銀泉が手早く通りすがりの女官を呼び止め、

「翠蘭昭儀が聞きたいことがあるんですって。尚寝長、いまいるかしら」

と尋ね、居所を聞いてさっさと翠蘭たちを連れていってくれた。

尚寝長は年かさの宮女で、彼女の事務机の前には承認を待つ女官と宦官がずらりと並んでいた。「昭儀が調べ物があるっておっしゃってるのよ」と列を押しのけようとした銀泉を押し止め、翠蘭は素直に最後尾で自分の番を待った。

幸いなことに尚寝長は仕事が早く、どんどんと列が短くなる。

自分たちの番になり、翠蘭が事の仔細《しさい》を伝えると、尚寝長は、

「秋宮のようなことをお聞きになりますね。直近で、行方不明になった人間なんて後宮にはいないですよ」

と苦笑した。

「こんなに広い後宮で、行方不明になった人がいないってあり得るんですか」

翠蘭が食いさがると「当たり前じゃないですか」とそっけない。

「後宮の妃嬪がいなくなったら大事です。宮女だって、そうです。宮女に至るまで陛下のご加護のもとに集った女たちなんですよ。後宮で暮らしている者は私も含めて、陛下のもの。行方不明になんてしたら誰かの首が飛ぶ」

妃嬪と宮女はそうなるとして——。

「では、宦官は」

と翠蘭が尋ねる。

「宦官も、一度後宮に入ったら、内廷から出ずに生涯を終えます。そして後宮に入った人

数を私たちは徹底的に管理するんです。数は、絶対です。先代のときはたまに数が合わないこともあったと聞いておりますが、今上陛下になってからは、ないですから。行方不明の宦官もおりませんね」

「本当の本当に絶対ですか」

しつこく聞いた。

「絶対ですよ。義宗帝は細かいですし、皇后さまは察しがいいんです。おふたりとも、何年も前の記録を持ち出して、数が合わないって突き返してきたり、この紙にはなにかを削って書き直した跡があるから調べ直せと命じられたりする。間違っていたら呼び出されますし、誰かの首も飛びますから、こちらも必死です」

尚寝長はひらひらと手を振った。

「枕なしで寝てる人がいるかもしれないじゃないですか」

「いるかもしれませんけど、うちの枕の台帳に記載しなくても、よその尚宮で、なにがしかの支給の際に人数も名前も登録されていますよ。食べたり飲んだり、冬場は炭をおこすし、夜に灯りがいるし、誰だって服を着るでしょう？　尚寝官は、尚服官や尚食官とも連携を取っております。全部ですよ、全部。後宮の住人の人数は尚宮すべてで把握しております」

とにかく義宗帝が細かいので私たちは間違えられないのです、と、尚寝長は眉間にしわを寄せ嫌そうに語る。

「生きている人じゃなく、死体がひとつあまっているなんてことは……」

翠蘭が小声で問いかけると、尚寝長は「はあ？」と眉をはね上げて翠蘭を見返す。

「その可能性はないですよ。死体にしろ、生きてる人にしろ、あまることはないんです。死んだら寝具が戻ってくる」

「死者の骨の扱いはどうなってるんでしょう」

「皇帝と妃嬪はそれぞれの霊廟ですね。愛情の深さによって新しく霊廟を建てたりもしますし」

「宦官たちは、死んだらどうなるのでしょう」

「共同墓地に葬《ほうむ》られますすよ。そうですね……宦官と女官はおおよそ共同墓地ですね。場所がどこかって？　墓地も霊廟も後宮の東北の外れですよ」

玉風が「位置としてはよくないですよね、鬼門です」と不思議そうに首を傾げた。

「そんなこと、私は知りませんよ。それこそ、地相学者と名のある道士が、そこにしなさいと言ったんですよ」

尚寝長は顎に指をあて続ける。

「東と南と東南は縁起が良い。縁起のいい方位に霊廟を作るより、鬼門の東北に、幽鬼の通り道をつけておいたほうがいいって。龍の通り道がちょうど川になって流れて儀式を行う殿舎の紫宸殿《ししんでん》横の池で行き止まりになってるでしょう」

翠蘭にはなんだかさっぱりわからない。どういうことかと考えていると、玉風が「ああ、後宮に川の支流を引きこんでましたね。川は後宮の西南を流れている。あれが龍の通り道ってことですね」と納得している。

——頭がいいなあ。

後宮入りするにあたっての交渉の手腕といい、方位の話といい、玉風は閃《ひらめ》きと行動力がものすごい。

「それですよ。どういう理屈なのかは知りませんが、池に龍の力を溜め込み続けるのも縁起がよくないとか、力が大きくなりすぎるとか？　その力を流すのに、池と反対の方向に霊廟を造るとかって」

「……変ですね。それだと、龍の力と幽鬼が増幅して呪いになってしまうんじゃないかしら」

玉風が首を捻ってつぶやいた。

「はい？」

「あ……なんでもないんです。そんな本を読んだことがあったような気がしただけです。私、書物が好きで、育ての親にいろいろと習ってて。でも知識は付け焼き刃です。ちゃんとした先生についたわけじゃないから、ごめんなさい」

それにその話は重要じゃないし、いま聞きたいのは別なことですから、と玉風が小声になった。

「まあ、呪いかどうかはわかりませんが、あの川のせいでこの後宮は幽鬼がよくさまよう場所になったんじゃないかって話はありますよ。逆に南西は裏鬼門にあたるから墓地にするのはやめておけって言われて東北になったらしいですけど」

怖くなったのか、尚寝長はぶるっと震えた。

「その、墓地の骨って掘りかえすことできますか」

しつこく聞き続けて申し訳ないと思いながら、翠蘭が尋ねる。

「……翠蘭さまは変なことを聞きますね。墓荒らしは大罪ですよ」

尚寝長は険しい顔になる。

「それに、乾清宮から遠くても霊廟のあるあたりは、後宮の東に位置するんです。高位の妃嬪たちが暮らす場所なので栄えています。私たちはよく〝死んだら後宮での位が上がる〟って笑い話にするくらい、なかなかいい場所なんですよ。花もあるし樹木もあるし、あのあたりの道は夜通し明るい。油をけちらずに灯りを掲げる宮が多いから」

「そうですね」

「まあ、詳しいことは私では断言できませんが——葬儀は祭礼ですから尚儀長《しょうぎちょう》のところにどうぞ。葬儀も墓地も廟も墓荒らしについても、まとめて返事をくれますよ」

聞いているあいだに、翠蘭の後ろに並ぶ人の列が長くなる。いったい一日にどれだけの仕事をこなすのか。

「ありがとうございます」

これ以上聞いてもなにも出てこないだろう。

翠蘭は、枕その他の数と照らしあわせた各宮の事故や病気によるすべての死亡者の名簿の写しを取らせてくれるようにお願いをした。それに関しては、義宗帝の許可を得て、数日中に、翠蘭のもとに写しを届ける手はずを整えると確約してくれた。

そして、その後は——尚寝長に教わったとおりに尚儀長に話を聞きにいき——「墓荒しなど起きていないですよ。私どもは毎日後宮の墓地の掃除をしています。死者の魂を鎮めるのも祭礼で、私どもの仕事ですから。異常があったら報告します。この数ヶ月と言わず、今上帝になってから、墓地では何事もありませんでしたとも」という言葉を得た。

以降、似たようなやり取りを経て、尚宮をすべてぐるりとまわりきることになった。

それぞれで後宮内の人の移動にまつわる台帳の写しを依頼していたら、日が暮れた。

結局、翠蘭たちが得たのは、大量の台帳の写しをいずれ得られるという約束と、行方不明者がいないこと、直近では不審な死者がいないことと、共同墓地を掘りかえしたら罪になるし、掘りかえされてもいないことと「案外、義宗帝は細かくてまめだ」という事実であった。

後宮に行方不明者はおらず、髑髏の正体も謎のまま。

真相はいまだ藪《やぶ》の中だ。


その夜である。

皇帝が水月宮を訪れた。

今度はきちんと門を通り、輿にこそ乗らないが太監を引き連れてやって来たので、明明と雪英と三人で揖礼をして出迎えた。

「顔を上げよ。私の訪れを、さぞや待ち望んでいたことであろう。すまなかった。午後は執務が溜まっていて、抜け出すことができなかった」

謝罪の言葉が皇帝の滑らかな肌をつるつると滑り落ちていく。まったく申し訳なく思っていない顔だった。それに翠蘭たちも皇帝を待ち望んでいたわけじゃない。

「太監、箱を」

「はっ」

太監は禿頭で、老いた兎みたいな、罪のない顔をしている。痩《や》せた細い手が差しだしたのは立派な桐の箱だ。大きさからして、きっとこれは髑髏だ。いやいやながら受け取ると、思っていたより軽い。

「約束の髑髏だ。そなたの寝室に案内せよ」

そもそも申し訳ないと思ってくれるなら、遅れてきたことではなく、髑髏を持ってきたことについて謝罪してもらいたい。

雪英の顔は蒼白だし、明明もうんざりした顔をしている。

皇帝は翠蘭の寝室がどこにあるのかを知っているので、太監を伴って先に歩いていってしまう。

「お待ちください」

声をかけると「私は待たない」とそっけなく返事をされた。そういえば皇帝は誰のことも待たないのだった。

勝手に翠蘭の部屋の扉を開け、

「どうだ。話した通りだろう。昭儀の寝室は武器だらけだ。太監にもこれを一度見せたかった。そしてそこにあるのは我が神剣である」

と太監に笑顔で話しかけている。翠蘭の寝室の様子を太監に話していたのか。

「はっ」

太監が視線を投げた先の壁に飾られているのは、義宗帝からいただいた、皇室に代々伝わってきたという龍の浮き彫りが施された銀の鞘《さや》に入った両刃の直剣である。

胸を張って誇らしげに告げる皇帝に、太監が頭を垂れている。

「それはそれとして」

と、皇帝は翠蘭の手から箱をひょいと取り上げる。

小卓に箱を載せ、蓋を開け髑髏を取りだした。

太監が白い絹の布をさっと敷き、皇帝から髑髏を受け取り、うやうやしく布の上に髑髏を載せた。

——なにをしろって言うの？

調べればいいのか。それしかない。翠蘭は紐を持ちだし、髑髏の大きさを測った。

「髑髏の頭まわりは一尺八寸でございます」

翠蘭が計測するより早く、太監が言う。計る必要もないではないか。

「大人の女性かと思われております。幼い宦官の可能性もあります。男性にしては頭が小さい」

「後宮で死んだのだとしたら、女性か宦官でしょう。男は陛下しかいない」

翠蘭は言い返し、仕方ないから頭頂部の骨の継ぎ目につまった泥を爪でこそげ落とし、少しだけ採取する。もうとっくに調べていることを、翠蘭が調べる必要性はどこにあるのだ？

「いつ死んだかくらいはわかるものなんですか」

と翠蘭が太監に問うと、返事がある。

「最近ではない、ということだけしかわからないそうです。肉も脂肪も皮も髪もすべてが腐敗して落ちたのか、煮てからすべてを削ぎ落として洗ったのかもわからないそうです。どちらにしろあの髑髏には焼かれた跡がある」

「煮て⁉　焼かれた⁉」

くらくら目眩がしてきそうだ。煮るなんて考えたこともない。煮るって、なんだ……。

骨は、からりと乾いていた。手触りは、思っていたより滑らかだった。

「検屍官の調書も持参した。あとであらためて見よ。さて、そなたにはこの骨はどう見える？」

太監がうやうやしく竹簡《ちくかん》を取りだして、髑髏の横に置く。検屍官とは、亡骸をあらためて死因を探る者のことだ。

皇帝に低い声で問われ「どうって」と口ごもる。

――骨に見える。

恐怖は感じなかった。血も肉もついていない、腐臭のしない骨は、整った綺麗な造形物に見える。

翠蘭は山暮らしのときに、猟でよく猪や兎を獲った。親がわりの于仙に習い、下処理もした。命を奪った実感があった。不思議なもので、すべての死体は死ではなく「生」を感じさせた。生々しい血肉と冷えていく温度によって死が反転され「命と、生きてきた日々」を猛々しく主張していた。

しかしうってかわってこの髑髏は「静かな死」そのものである。

時間が経って、乾いている。

白い絹との対比のせいで、髑髏はひどく黄ばんで見えた。余分なものがないはずの骨の、ところどころがまだらに茶色く染まっている。死んで、骨になって、誰にも拝んでもらえないまま、土に埋もれていた。それが妙に切なく感じられた。

皇帝は翠蘭がなにかを言うのを待っている。正解の言葉は思いつかず、だから、翠蘭は思ったままを口にした。

「どう見えるかというと、寒そうです」

乾いていて、醜悪ではないから、怖気もなく、同情ができるのかもしれない。

「寒そう?」

「寂しそうでもあります」

「そなたは道士の娘ゆえ、そういう気持ちを抱くのか?」

「道士の娘? いえ、私は道士の娘ではないですよ。商家の娘で、育ての親は山奥で鍛錬をつむ武人です。ところで、この泥を拭いてしまってもいいですか。それともこれは、見つかったときのまま保管しないとならないんでしょうか」

義宗帝は「さて」と小さくつぶやいた。翠蘭の言葉に疑念を抱くように目を細めている。

「畏れながら、お答えいたします。できるだけ、発見時の状態で保管をするようにと皇后さまがおっしゃっていました」

太監が義宗帝のかわりに応える。

「そうですか。皇后さまの命ならば従わなければなりません。それに、いまのところ、私は手も足も出ない。この骨が誰だかわかりません」

今日一日の成果をかいつまんで語った。尚寝長をはじめ、各方面に聞いてまわったが、なにひとつ得られなかったことを報告すると、

「まだ髑髏が見つかってから二日です」

太監が励ます口ぶりで言う。

「ですがきっと囚われた秋官にとっては長い二日となったことでしょう」

それだけが、気にかかる。早く真実に辿りつきたい。

遅れてやって来た明明が茶器の載った盆を抱えて部屋に入る。

「明明。庭の菊を摘んできて。お茶は私が淹《い》れる」

翠蘭が明明に命じた。

明明は盆ごと茶器を置いて「はい」と外に出ていった。

「供えるのか。それとも不浄を祓うつもりか？」

そんな力はないのにと、そう言われているような気がして、ちらりと皇帝を見上げてから、茶器を手にとる。明明が用意してくれた茶は、あとは茶碗に注ぐだけ。

「いえ。神剣を持たない私はなにも祓えません。陛下はそれをご存じではないですか」

碗に注がれたのは発酵させた赤い茶だ。甘い香りのするそれを、義宗帝に渡す。それから骨の前にも添える。

「ならば、なぜ、花や茶を供える。この骨は、ただの骨だ。なにを供えられても喜びはしない」

問われてみれば、どうしてだろうと、翠蘭も思う。しばらく逡巡し、ためらいながら思いを告げる。

「……私は、生きている人にも、花を渡すし、美味しいものを食べてもらおうとします。喜んでくれたらそりゃあ嬉しいけど、そういうんじゃないんです。ただ、そうしたいからそうするんです。綺麗な花がその人を慰めてくれたら〝私が〟嬉しい。美味しいものを食べて相手の空腹がなくなったら〝私が〟嬉しい。結局は、私のため」

明明が庭に咲く菊を摘んで戻ってきた。黄色に紫に白の菊。水月宮の庭にもこんなに菊が咲いていたのか。鶏たちがいて、自分の剣の鍛錬をする場と考えるくらいで、いままでまともに花を眺めてこなかったのだけれど。

明明が手早く花瓶に花を生け、髑髏の前に供える。

菊の爽やかな香りが鼻腔をくすぐる。

白く小さな菊は愛らしく丸い。紫の菊は重たげに頭を垂れている。火花が爆《は》ぜたかのような花弁の黄菊は目に鮮やかだ。

菊を見つめたまま、義宗帝が「そなたには、そういうところがある」とつぶやいた。

触れたら溶けてしまう雪に似た、青光りして浮き上がるような美しい顔がこちらを向いた。

――そういうところって、なんなのよ。

胸中の問いかけが義宗帝に聞こえるはずもないのに、

「私にはないものだ」

と続けて言って、かすかに笑った。

なんでも持っている彼は、唯一、持ち得なかったなにかを羨んでもいるような、そんな目で翠蘭を見る。

「――ところで昭儀、もう少しこちらに」

唐突に皇帝が翠蘭の手を握り引き寄せた。綺麗な顔がぐっと近づく。

「な……んですか」

「そなたの宮女が言うほどに、そなたが、かっこいい顔かどうかをたしかめようとしただけだ」

「はあ？」

「妃嬪たちにもてるのか」

「知りませんよ」

「明明、眉筆と、淡い色の紅をここに」

義宗帝が片手を出して命じると、明明が「はい」と慌てて眉を描く筆と紅を取りに戻る。翠蘭の部屋に化粧品はない。自分で化粧をしないから。

小走りで戻ってきた明明に渡された眉筆を手にし、皇帝は、翠蘭の顎を片手でくいっと持ち上げる。澄んだ目が自分を覗き込み、たじろいだ。義宗帝の顔はまばゆすぎて、魂が引きこまれそうになる。暴力的に美しいのだ。

「……陛下っ」

「逃げるな、我が剣」

息が詰まった。

さらりと、触れるか触れないかの力加減で眉を、筆が辿る。うなじがざわついて、身体がわずかに震えた。

「そなたの丸い目と花びらのような口元は愛らしいが、子どもっぽくもある。もう少しだけ眉を太く描き、眉尻を上げれば、凜々《りり》しくなろう」

いつもは意地の悪い笑い方しかしないのに、こんなときに限って皇帝は花のように艶やかに笑う。眉を描いて、今度は陶器に入った紅を手に取る。細いなか指で紅を掬い取り、翠蘭の唇に載せる。冷たい指が、唇を柔らかく辿った。

「淡い色を載せることで、そなたの唇の形が整っていることが際だつ。触れたくなる唇だということを、他者にしらしめろ。ほら――」

これでより美しくなったな、と、義宗帝は翠蘭から手を離し、翠蘭にだけ聞こえる小声でささやいた。

「だが、誰にもその唇を吸わせてはいけないよ」

「……っ」

小さな笑い声が耳に残った。

――私のことを、からかっている。

「陛下。おたわむれはおやめください。こんなことをしている場合じゃないんですからっ」

かっと頭が火照り、睨みつける。

「たわむれではない。後宮は、本来、こんなことをする場所だ」

「でも」

――無理強いはしないって、そう言っていたのに。しかもこんなときに⁉

表向き、翠蘭は、義宗帝にはじめての花を散らされたことになっている。なっているが

――実は違う。翠蘭は伽をつとめていないし、義宗帝は翠蘭を褥《しとね》に誘わない。

彼は翠蘭に、とりあえずは、剣であることしか求めない。

翠蘭の心が育ち、女性らしくなるまでは。

「私はただ、そなたが愛しいと思ったから、触れた。そなたは花であっても我が剣だ。花として手折ることがないとしても、私は、そなたを手放せぬ。誰にも、やれぬ」

「……はい」

「だから、慈しみたいと感じるときに、そなたに触れることを許せ」

許しますと言うべきなのに、言えなかった。

赤面したきりの翠蘭の指を手に取り、義宗帝は紅の入った陶器を手渡した。

「この花は、いつまでたっても蕾が青く固い。剣は命じれば鞘からたやすく抜きだすことができるのに——花は強情で——そこが、より、愛おしいな」

「愛おしいって……」

絶句したら、義宗帝が、また、笑った。

「そなたも他の妃嬪のように後宮の外に出たいと願うか？」

黒光りする目で、翠蘭の胸の奥に小石みたいな冷たく固い言葉を放り投げる。そんなことを聞いてどうする。もう二度と外に出られないと理解してここに嫁いできたというのに。

「答えぬところが正直だ。花ならば後宮の庭に枯れるまで置く。けれどそなたは我が剣で運命だ。鞘から抜いてみないと切れ味が試せないのが厄介だ」

義宗帝は翠蘭の手もとの陶器から紅をひと掬いし、翠蘭の目尻に紅を置いた。右、そして左。冷たい指が触れて、離れる。

「そなたの目は唇よりも語るのが巧みだ。悟られたくないときは、まぶたを閉じろ、正直者め」

翠蘭の目を見つめ意地悪く笑って告げる。

「ところで、紅はいいとして、眉墨は毎日そのように描くといい。明明、そなたにまかせたぞ。いつでも昭儀がこの私よりもてるように、凜々しく装わせろ」

命じられた明明が「はい」と応じる。

「さて、髑髏はここに置いていく。しばしそなたが保管せよ。傷つけてはならんぞ」

「はい？」

翠蘭が驚いて聞き返した。

「なにかわかったら報告せよ」

義宗帝は言いたいことだけを告げて、髑髏を置いて、去っていった。

＊

義宗帝が翠蘭との語らいを楽しんでいた同時刻の水晶宮である。

皇后の地位と皇帝の加護の大きさを示すように、水晶宮は、乾清宮に次ぐ大きさで、乾清宮に一番近い東に位置している。

りん……りん。

秋の夜の虫の音が、どこからともなく響いてくる。しかし、その涼やかな音に耳を澄ますことなく、宮女たちは白い領巾を揺らして忙しなく立ち働いているのであった。

遠く、亥の刻を告げる銅鑼《どら》が鳴る。

金の刺繍が施された厚手の紫の布を張った長椅子に座る芙蓉《ふよう》皇后に、宮女が茶托《ちゃたく》に載せた茶碗を両手で捧げ持つ。

「亥の刻に迎えの羊車《ようしゃ》を走らせると宦官が申しておりました。そろそろお支度をなさいますか」

皇后は茶碗を手に取って、ひとくちだけ飲んで戻す。片手を掲げひらりと振ると、宮女は無言で茶を下げた。

高く結い上げた赤い髪を飾るのは咲き誇る大麗花と大きな金の簪に、珊瑚玉と金の歩揺だ。金の糸で菊を刺繍した真紅の上襦に紅裙を身にまとっている。白雪のごとき美しい肌に、爛々《らんらん》と輝く緑の目の美貌の主は、これでもかというほどに鮮やかな色を見事に着こなしていた。

絢爛《けんらん》たる美姫は、綺麗に磨かれた爪を見下ろし、嘆息する。

「迎えがきてから支度をするわ。陛下は私を夜伽に呼んでおきながら、同じ夜に昭儀の宮をお訪ねになっている」

——今宵、陛下に伽を命じられたのは、この私。

「肌や爪を磨いて手入れをした我が身がうらめしい。私と夜をお過ごしになる前の、わずかな時間を使って、あんな小娘に会いにいくだなんて……」

密偵として放った宦官が報告にきたのは、つい先ほどのこと。

「このあいだは淑妃を、三日三晩、乾清宮に留めおいたというし……」

皇后は美しい形の唇を噛みしめ、頬杖をつくと、忌々《いまいま》しげに続ける。

「記録に留める者が途中で疲れて眠りかけるくらい長いあいだ、陛下と褥を共にできるのですもの。淑妃が病弱だなんて嘘に決まっている。私より体力がある。私だって三日三晩は無理よ」

乾清宮の皇帝の寝室の隣には常に宦官たちが控えているのだ。

閨《ねや》の状況は隣室に筒抜けで、宦官たちは仕事として睦言《むつごと》のすべてを記録している。

しかし、たいていの睦言はそんなにおもしろいものではない。三日三晩、それを隣室で記録しつづけるのは仕事とはいえ大変なことである。途中で宦官たちの交代もあるけれど、徹夜をした翌朝の宦官の筆致が乱れて、よれてしまうのはままあることだ。

「陛下は淑妃を長く留めおくことが多いから、記録をするときの宦官は、筆致が途中で震えて、かすれる。淑妃は、記録係の宦官たちを寝かせてあげようと思わないのかしら。なんて自分勝手なことでしょう」

「本当でございます。淑妃さまは自分のことしか考えていない」

宮女たちが一斉に、淑妃がどれだけ我儘《わまま》で身勝手で宦官にも宮女にも配慮しないのかを囀《さえず》りだす。

「後宮において、皇后さまだけが義宗帝のご健康と安全に気を配り、わたくしたちのことも案じてくださっていることを、みんなわかっております。陛下もきっとそのうち目が覚めて、皇后さまの真の愛に気づかれることと思います」

「はい。陛下が愛しているのは皇后さまただひとり」

皇后が宮女たちを一瞥し、にっと微笑むと、宮女たちは口を閉じる。しんとした室内に皇后の言葉だけが響く。

「なにを言うの。陛下の愛はこの後宮の妃嬪みんなに注がれるべきものよ。全員が、あの方の子を産むべき義務を負う。私も、他の妃嬪も。だからこそ、陛下が愛する者のことは、私もまた無視できない。私も、陛下の愛する妃嬪をくるおしいくらいに求めてしまうことがある」

なんて楽しいことでしょう、と、皇后がうっとりとつぶやいた。

「陛下は、刺激の少ない後宮で、嫉妬する楽しみを私にくださる」

皇后は宮女たちの顔を見回した。

そこのおまえ、と、長く磨かれた爪がひとりの宮女を指さした。

宮女は「ひっ」と息を呑む。

「あなたはこのあいだ陛下をよこしまな目で見ていたわね。私が気づかないとでも思ったのかしら。貧民街から後宮に上がってきた者たちのなかに、まれに、おかしな夢を描く女がいる。陛下の子を授かることは後宮の女たちの務め。私に仕えるのと同時に、花として、陛下に手折られる栄誉を求めるのもあなたたちの本分よ。本分をまっとうする者たちを私は愛する」

優しい言い方で皇后が告げる。

「そして、私の示す好意と興味がどんなものかを、あなたたちはわかってくれているはずね」

りんりんりん……と虫の音が大きくなる。音の大きさに皇后が眉根を寄せて、視線を足もとに向けた。どこから入り込んだのか、秋の虫は皇后の座る椅子のすぐ側だ。

皇后は、秋の音色を響かせている虫をためらいなく踏みつけた。

虫の声が止まり、しんとなる。

「どうでもいい虫はいたぶる時間も惜しいから一瞬でたたきつぶすわ。でも」

でも——の後の言葉を女官たちは目を伏して、身を震わせて待っていた。が、続く言葉の前に宦官たちが白絹の袋を持って水晶宮を訪れた。

太監を先頭にして入室した宦官たちが皇后の足もとにひれ伏す。

「──皇后さま、お迎えに参りました」

白絹がふわりと床に広げられる。

皇后はゆったりと立ち上がり、領巾を外して椅子に投げ捨てる。宮女たちは、両手を広げて立つ皇后のまわりに近づき、急いで皇后の髪飾りを取り外す。結われた髪が形を崩し、肩先に流れる。

しゅるっという音をさせて帯が解かれ、皇后は自らの手で上襦をはだける。豊かな乳房が露わになり、胸の頂きの淡い桃色は、そこだけ妙に無垢《むく》に見えた。

年若い宦官が、頰を染めて視線をそらした。

皇后は豪奢《ごうしゃ》な長い赤い巻き毛で胸元を隠し、微笑む。

「──そなたたちは、下がりなさい。私の姿をあらためるのは宦官のなかでも太監だけと決まっている。私は夏往国から嫁いできた皇后として、陛下にそれだけをお願いし、許可を得ている。たとえ浄身したとはいえ、そなたら宦官の心にはまだ男が残る。この私の肌を見て、疚《やま》しい気持ちを抱かないはずがない」

裙が足首まで落下し、皇后は微笑みを湛えたまま身体をねじる。女性らしい丸みを帯びた裸体は、艶めかしい。

「はっ」

宦官たちが頭を垂れたまま後ずさりして部屋を出る。宮女たちも領巾をはためかせ続いて退室する。

「私のすべてを見られるのは、陛下とそなただけ」

――纏足が高貴な女のしるしとされ、美と崇められるこの国では、自然のままの私のこの足は醜い。

夏往で過ごしているときは自分の足を醜いと感じたことはなかった。

でも華封国に来て、足を萎《な》えさせた、身体の弱い妃嬪たちを見て、彼女たちの持つ奇妙な美しさを知った。

小さな足の上にある大人の女性の肢体という取り合わせは、不可思議な、痛みを伴う美を滲《にじ》ませていた。

妃嬪たちは全員が、百花の美女である。彼女たちには、人の嗜虐《しぎやく》の心に煽る類の美があった。どこにいくのにも抱きかかえられて移動するしかない、可憐《かれん》な花だ。

守られるだけの存在として作りあげられた女たちには、男たちの暗部にある悦びをかきたてる。

――あれに比べれば私は大女で、強くて、醜い。

一瞬、そう感じたのだ。

他の誰にもこの足を知られてたまるものかと皇后は思った。だってこの足は醜い。自分の強さは恥ずかしい。

自分の強さと自由さを一瞬でも恥じたのは、はじめてのことであった。

――そして、私の羞恥を、陛下は察した。

その夜に、皇后を「愛おしい」と、そう言った。

ふたりの心がつながった一夜であった。

義宗帝は皇后が咄嗟に零した弱さと、己が醜いのではと思う恥を、つまみあげ、愛でた。

――だからといって、私はいまから足を縮めたくはない。美しいと血迷ったとしても、自分がそうなりたいわけではないのよ。自由に歩けるこの足を失ってしまっては、後宮のすべてに目が行き届かなくなる。

そのため、後宮に来てからの皇后は、普段は纏足されているふりをして、そのように見える加工を施した沓を履いて、過ごしている。

沓を脱ぎ、一糸まとわぬ姿となった皇后は広げられた白絹の真ん中に足を進め、太監に身体を委ねた。

3

翌日の朝である。

囲いのなかで鶏が走りまわる水月宮の殺風景な庭で、翠蘭は珍しく義宗帝に賜った神剣を持って振りまわし、鍛錬をしていた。

――幽鬼ときたら神剣が効くんじゃないのかしらと思って部屋で抜いて翳《かざ》してみても、特になにも見えやしないし、閃かないのよ。

「髑髏を見せてもらっても、私にはなにひとつわからない。だいたい、検屍官の竹簡に書いてあることがすべてで、私ができることなんてほとんどない。しかも置いてくって、どういうつもり？　明明も雪英も怖がるでしょうがっ。それに、壊したら皇后さまに叱られるなんて、怖ろしすぎる」

仕方ないので箱に入れた髑髏を翠蘭は水月宮のなかで持ち歩いている。自分の目に見える範囲に常に置いておくしかない。取り扱い注意で、これを持って転ばないようにしなくては。

いまも庭の石作りの五角形の卓の上に、箱が載っている。ちらちらと横目で見ながら、剣をふるう。

――骨は、女性か小柄な宦官のもので、いつ亡くなったかは不明。

「後宮で行方不明になった人物はいないし、墓は暴けない。尚宮官たちはともかく、陛下と皇后さまの目を盗んで、後宮で誰かを殺すことができる？　行方不明になることができる？」

いくつかの決まった型をなぞって身体を動かす。日の光を刃が反射して、瞬いている。

「私、陛下のことも皇后さまのことも、そういう部分では信頼してるのよ。あの人たちふたりとも、あやしいことを見逃したりしない。あやしいことを見つけて、利用しようとするとしても――見逃すことはない」

今回の面倒事は、思いのほか簡単だなんてうっかり思ってしまったが――ちっとも簡単じゃない。難しい。

「それに、尚宮も相当有能みたい。昨日まわってお願いした写しが今朝には届いているってどういう早さなの。みんな寝てないのかしら」

尚寝宮と尚食宮から死亡者の名簿の写しが届いてしまった。他も、きっとすぐに届くのだろう。

調べれば調べるだけ、あの髑髏は外から持ち込まれてわざわざ後宮に埋められたのでは、としか思えなくなってきていた。

「じゃあ、外から持ち込んで埋めたってことにするとして。その可能性を調べるには、どうしたらいいの？」

——後宮に持ち込むものもちろんすべて尚宮官たちが調べることになるし、宦官たちも目を光らせてはいるけれど。

「例外は、ある。賄賂をいくつか包んだら、箱の中味は見逃してくれるとか、抱えた袋のなかを見ずに手で触るだけで素通ししてくれるとか。ないわけじゃ、ない。だったら、行方不明者とか死者について調べるのではなくて、物資の持ち込みについて、あらためて聞いてまわったらいいのかな」

しかし——髑髏を埋める理由は思いつかないし、誰の髑髏かなんてもっとわからない。

「髑髏以外の骨は埋まっていなかったみたいだけど、このあと見つかるかもしれない。どっちにしろ、骨ならば、手荷物ひとつで持ち運べる。——大きなものならみんなの記憶に残るのに、人の骨って、案外、まとめてしまうと小さな包みになるからなあ。聞いてまわっても、わかるかどうか」

わけがわからない事件だなと思う。

だからこそ、義宗帝は、翠蘭に真実を突き止めることを命じたのだろう。

——そして、囚われた秋官を助けだす。

「陛下は毎回、そうだから。毎回、私を困らせる」

つぶやいて、翠蘭は剣をだらりと下ろす。

ふと思ってしまった。

――私たちはこの後宮から出ることはできない。骸《むくろ》となっても――骨となった後でも――ずっと後宮に囚われて、生涯をここで過ごす。

宦官も妃嬪も女官も、みんな。

――ここで――この場所で。

恋をすることなく。

外から持ち込まれたかもしれない髑髏を、骨となっても決して外に出られないだろう自分を含めた妃嬪が調べているという図は、皮肉なものだ。

考えたくないと、見ないふりをしていた自分の現在と未来に思いを馳せてしまったのは、昨日の玉風の覚悟を聞いたせいだった。さらに昨夜、義宗帝に「外に出たいか」と聞かれたせいでもあった。

もやもやと、義宗帝の綺麗な顔と冷たい指の感触を思いだす。

昨夜、義宗帝は髑髏の入った箱を持ち込んで、翠蘭の部屋で、翠蘭の顎を持ち上げ、指で翠蘭の唇に紅を塗った。

翠蘭は、義宗帝の整った顔につい見惚れてしまった。

「陛下って人は……」

陛下って人は──の後につけ加える罵倒《ばとう》の言葉が出てこない。

陛下は、陛下だ。華封の皇帝で、龍の末裔《まつえい》だ。どういう意図でなにをしているのかなんて、翠蘭にはさっぱりわからない。

「なんなの。私、だらしない……。いくら陛下が綺麗な顔してるからって、顎をこう、くっと持ち上げられて、眉と紅を塗られただけで、動揺して真っ赤になって、あわあわしちゃって」

明明が化粧をした翠蘭を見て「より、かっこよくなりましたね。陛下も娘娘《ニャンニャン》に見惚れてましたよね。まあ当たり前ですけど。娘娘には、他の妃嬪にはない、凛々しさと清廉さがありますし、可憐ですから」と、うきうきしていたのが救いといえば、救いだ。

明日からはこの眉にしましょうと、明明は、意気込んで──挙げ句、今朝は身支度をした翠蘭のところに飛んできて眉を描いていった。紅も淡い色のものをさっと塗り「義宗帝は、見る目がおありですね。たしかにこのほうが、娘娘のすっきりとした凛々しさと、華やかさが、際だちます」と小さく拍手して笑顔になった。

──かっこよくなる化粧をしてもらうって、どういうこと？

明明は翠蘭のことを妃嬪らしくないと言うけれど、明明だって、妃嬪に仕える宮女らしくないではないか。どっちもどっちだ。

いろいろ湧き出る文句を口にして、自分を叱咤《しった》しながら型を辿って動く。ひとしきりやっていると、汗が浮き出て、少しだけ気が晴れた。

すると――。

明明が小走りに回廊を歩いてくる。

「娘娘。玉風さまが今日もお役に立ちたいと、いらっしゃいました」

拱手して、そう告げる。

「お通し、し……」

お通ししてと言いかけたところで、明明の後ろから、玉風が顔を覗かせる。玉風はうっとりとした顔で、胸の前で両手を組んで翠蘭を見つめていた。

「本当に翠蘭さまはお強いんですね。ひとつひとつの型が、すべてお美しい。見惚れてしまいました……」

玉風は満面の笑みで絶賛してくれた。

けれど、玉風の背後には暗い色の靄《もや》がかかっていた。

翠蘭は目を手でこすり、もう一度、あらためる。

黒い靄は見る間に人の姿を象った。

――幽鬼だ。

髪を結った女官の姿の幽鬼であった。

吹きつける風の温度がすっと冷たくなったような気がした。翠蘭の背中が粟立つ。この世にいるはずのないものはどうしても異質で、見るだけで、怖気《おぞけ》が立つ。

幽鬼の輪郭は塵のようなもので縁取られている。

身体全体は曖昧で、胴体はときおり消えかけて、向こうの景色が透けて見える。

——でも、殺気はない。

殺気を感じれば翠蘭の身体は反応する。

しかしこの幽鬼は、ただ、歩く玉風の後を追っているだけなのだ。

幽鬼の体のあちこちが綻びを見せ、ところどころが解けて散る。

玉風は幽鬼の存在に気づいていないようである。

翠蘭は、玉風に付き従うだけの幽鬼を見据えたまま、片手に神剣を持ち、もう片方の手を玉風にのばした。

ぐっと引き寄せると、玉風は翠蘭の腕のなかに巻き込まれる。

神剣をもって薙《な》ぎ払うまでもなく、翳しただけで、幽鬼は人の形の輪郭を曖昧に溶かして消え失せた。

「はい？　翠蘭さま」

玉風が驚いた顔で翠蘭を見上げた。ぱたぱたと瞬きをし、顔を赤らめている。

「玉風、あなた、具合は……悪くない？　熱は？」

黒目がちの目を覗き込み小声で尋ねる。

「ないです。どうしてそんなことを」

「いや」

——あの幽鬼には殺意も悪意も感じられなかった。

顔に影がかかっていて、表情も顔だちもよく見えなかったのだけれど、その仕草は優しいものに見えた。

——玉風に寄り添って、触れようとしていた。

幽鬼は人に触れられない。人もまた幽鬼に寄り添えない。

けれど、あの幽鬼は、明明が雪英を労ろうとするときと同じに、玉風を宥《なだ》めようとしているように見えたのだ。

翠蘭は、はっとして石の卓の上にある箱を見る。髑髏の主が幽鬼となって、ここに、姿を現したのだろうか。だとしたらこの幽鬼は、玉風に関わりがあるのだろうか。

「あの……翠蘭さま。お手を離していただけますか」

赤面した玉風にそう言われ、翠蘭は「あ、ごめん」と抱きしめた腕をほどく。

背後で、明明が、たしなめるような咳払いをした。

「娘娘。さすがに、おたわむれが過ぎるかと……。才人が驚いています。その剣も鞘におしまいになってください」

「いや、たわむれではないのだけれど……ただ、彼女があやうく見えて、抱きしめてしまっただけで」

幽鬼が見えたと告げればいいのか？　そんなことを言ったら、不安を煽るだけではないか。

「……身体が勝手に動いてしまった。許して」

そんな言い訳があるものか。これは、どう見ても、昨日の義宗帝とやっていることは同じだと反省する。

翠蘭は、神剣を腰に下げた鞘におさめ、明明に手渡された長めの手巾で汗を拭き、肩にかける。庭の片隅に据えられた石造りの五角形の卓を片目で睨み、考える。

髑髏から幽鬼が現れたのだとしたら玉風も明明も雪英もここから引き離したい。弱っている者が幽鬼に憑《つ》かれたら、病を得ることがある。

「いまの私は汗の臭いがいたします。恥ずかしいわ。着替えてきます」

恥ずかしがるならもっと別な部分だろうと、脳内でつっこむ。

「そこでお座りになって。――明明、彼女の身体をあたためるお茶をお願い」

「はい。ただいま」

と明明が一揖《いちゆう》し、下がる。

翠蘭はさりげなく箱を手に取り自室に戻る。部屋にこれを安置して「誰も入るな」と伝え、玉風を外に連れだそう。

念のため、神剣は髑髏の側に置いておいた。この神剣には幽鬼をはねのける力があるらしい。翠蘭はこの剣で幽鬼を斬ったことがある。

髑髏の側に置くことで、幽鬼を抑えることができるかもしれない。

着替えて戻ってくると玉風は石の卓で明明の淹れた生姜《しょうが》入りのお茶を飲んでいた。棗《なつめ》に砂糖衣をかけた菓子も添えられている。

「あ、翠蘭さま」

弾むように立ち上がりかけた玉風に片手を掲げる。

「座って、お茶を飲んで。昨日はずっと歩きっぱなしだったから、疲れているでしょう？」

ねぎらうと、玉風がくすくすと笑う。

「私は大丈夫ですけど、銀泉さんは、昨日一日歩きまわっただけで筋肉痛になったそうで今日はお休みですって。後宮で暮らしているうちに身体が弱くなったと嘆いてました」

「あなたは？」

翠蘭は窺うようにして聞く。

――幽鬼の影響は、ない？

「私は、まだまだ元気です。翠蘭さま、今日は後宮の東をぐるっとまわって探してみませんか。念のため、墓所を歩いて見てまわって、それから東の宮の妃嬪の皆様にひとりひとり〝行方不明になった宮女はいませんか〟って聞きましょう」

「あんなにはっきり、いないって言われたのに？」

胡乱げに聞き返すと、

「だって髑髏があるんですから、死人がいるに決まってます。もしかしたら尚宮官みんなでぐるになって隠しているかもしれないじゃないですか。ほら、粗相があったことがばれてしまうと、杖刑になるから」

玉風がきらきらとした目で言い募る。そんなに溌剌と言っていい話ではない。

とはいえ、間違いが起きた場合、隠しとおさないと罪を問われるから、みんなで示し合わせて〝なかったこと〟にする可能性も、なくはないのだ。絶対にないとは言い切れないのが後宮の闇の深いところだ。

なんと応えようか翠蘭がとまどっていると、玉風が、

「それに……できたら水晶宮の様子を一緒に覗かせていただけたらと思っています」

と目を伏せた。

「水晶宮って……皇后さまのところ？」

「はい。昨日も話題にでましたけれど、ここに来てすぐに伯母を訪ねたのですが、なかに入れていただけなくて……梯子を使って侵入したときも見つけられなくて」

　玉風が真剣な顔で翠蘭に頼み込む。

「伯母は水晶宮のどこかにいるんです。手紙の返事はもらえなくても、話せなくても、ひと目、元気な顔を見られたらそれで納得します。……だめでしょうか」

「そう……ね。私の調べ物は、陛下に命じられてしていることだから——そう伝えたら皇后さまもむげにはできない。水晶宮に入るところまではできるわ。いいわ。だったらぐっとまわるもなにも、まず、水晶宮にいきましょう」

　それに、と、翠蘭は首を傾げ、考える。

——玉風の体調をきちんと見ておかないと。

　翠蘭は砂糖衣の棗をつまんで、囓る。ぱりっと衣が割れて、甘い味が口のなかに広がる。

「あなたが疲れていないのなら、そうしましょう。でも、具合が悪くなったらすぐに言ってね」

「そんなに心配されるほどか弱くないですよ。このあいだまで南都の貧民街で朝から晩まで働いていた女なんですよ、私」

「けれどいまのあなたは陛下の花の一輪。あなたの身体を案じるのは、陛下の御為《おため》でもあるのです」

　手を取って立ち上がらせると、玉風がまた頬を赤らめた。

「——娘娘？　どこかにいらっしゃるのですか？」

翠蘭の飲むお茶のために新しい湯を運んできた明明が、盆を胸元で抱え持って困惑して呼びとめた。

「ごめん。明明。玉風と調べ物に行ってくる。ついでに帰りに樹氷宮に寄らせてもらって気になっていた塀を直すわ」

明明が眉間にしわを刻み、なんとも言えない顔で翠蘭を見送った。

翠蘭は歩くのが苦にならない。

玉風はどうだろうと「輿か、羊車を用意しましょうか」と尋ねたら、明るく「そんな立派なものに乗ったことないんで、歩きます」と返された。

そのままふたりで並んで歩いた。

翠蘭が故郷の山奥で猪と戦った話をすると玉風は自分の生まれ育った南都の貧民街で「私は野良猫と戦いました」と真顔で応じた。玉風の好きな食べ物は「身のついた魚」なのだそうだ。

「捨てられていた骨を野良猫と奪いあって暮らしてたんで、はじめて身のついた魚を食べたとき、その美味しさにびっくりしちゃって。しゃぶりつくしましたとも」

にこにこと笑っているが、翠蘭は無言になってしまう。

「ここに来てびっくりしたのは、お手当は少ないし貧しい暮らしをしているって言っても、尚食宮から食べ物をたくさんもらえることでした。後宮の人たちが考えている人間ひとりぶんの食事って、夢みたいな量の夢みたいな食べ物ですよね。こんなに多く、こんなにいろんな種類のものを食べていいんだって思うと、嬉しくなっちゃいました」

来てよかったなあと、玉風は屈託なく続ける。

「高級すぎて、どう扱えばいいのかわからない食材も多いんですけどね。明明さんに頼んだら料理を教えてくれるかしら。このあいだのお弁当、美味しかったです」

「明明に伝えておくわ。きっと喜んで教えると思う」

「はい」

今日も後宮には砂混じりの冷たい風が吹いている。ちらりと横を見ると、玉風は微笑んで翠蘭を見返した。

耳元で揺れているのは伯母がくれたという耳飾りだ。

玉風はときおりその耳飾りを手で触る。

「陛下がおっしゃっていたとおり、その耳飾り、あなたに似合っているわ」

柔らかそうな耳たぶに下げられた銀細工がゆらゆらと揺れて光っている。銀は、きちんと保管し、磨かないとすぐに黒ずんでしまう。玉風はこの耳飾りをとても大事にしていたのだろう。

そのまま、玉風の話を聞きながら、水晶宮を目指し、後宮を東に向かった。

しかし、長い距離を歩いていくにつれ、玉風の顔が強ばっていく。足どりが重くなり、隣を歩く玉風の肩が大きく揺れだす。しだいに呼吸が荒くなり、目から光が失われていく。

――幽鬼に触れたからだわ。

「やっぱり疲れているようね。今日は水晶宮に行くのはやめておきましょう。樹氷宮まで送るわ。寝ていなさい」

太監に連絡をして侍医を呼んで、薬も処方してもらおう。

「そんなはずないんですけど……ないんですけど……どうして」

いぶかしげにつぶやく玉風の声が小さくなり、がくりと膝からくずおれた。転びかける玉風の身体を抱きとめる。

翠蘭の腕のなかで、玉風の目がくるりとひっくり返って、まぶたが閉じた。

「玉風っ」

呼びかけると「う……ん」と小さな声が返ってきた。

「雨桐……伯母さん」

一瞬だけ目が開き、そう言った。

翠蘭の顔を認め、落胆したようにまた目を閉じた。

翠蘭は彼女を抱きかかえて、樹氷宮に連れ帰った。

辿りつくと——銀泉が玉風の看病をするというので、翠蘭は玉風を彼女に託した。雪英のときでわかっている。幽鬼に触れると、体力の落ちている者はまれに病を得る。翠蘭にはわからないが、命の力を吸い取られるらしい。

対処としては、寝込んだ病人と同じに薬湯を飲ませ、睡眠をとってもらって、やり過ごす。

玉風の寝室に彼女を運び、寝台に寝せる。

銀泉が心配そうに彼女を覗き込み、嘆息した。

「だから言ったんですよ。昨日一日であたしはへとへとになっちゃったんだもの、玉風だって、若くても疲れてるんじゃあないのって。まだここに来て十日ちょっとで、気も張ってるでしょうに、無理ばかりするんだから、この子は」

どうせ水晶宮に行こうとしたんでしょう、と、小声で聞いてきたから、翠蘭はうなずいた。

「この子の、調べ物の手伝いをして、陛下に顔を覚えてもらいたいって言葉は半分は本当だけど、半分は嘘ですよ。玉風さんが、後宮に来てすぐにしたことは、水晶宮の伯母さんを訪ねに行くことだったもの。〝才人ごときに、うちの宮女は会わせられない〟って追い返されたんですって。それで梯子使って忍び込んで」

それでも見つけられなかったらしいし、逃げ帰るときに梯子を水晶宮に置いてきてしまったんですけどねと、銀泉は肩をすくめる。

「梯子をなくしてしまってごめんなさいって何度も謝罪されたけど……あんまり必死すぎて、怒る気にもなれやしなかった。だいたい、梯子を使って忍び込むだなんてねえ、子どもみたいなんですもの。そこまでして会いたいのかって思ったら、胸のここんとこがぎゅっと痛くなってしまって……」

と、言われると――翠蘭にはなにも言い返せない。

「ここまで慕われてるんだから、尹雨桐も、会ってやりゃあいいのにと思ったんですよ。この子が持ってきたの、いま着ている服一式とその耳飾りだけなんです。茶碗ひとつ持たずに、本当に着のみ着のままで――伯母さんだけを頼りにしてきたんだ。あたしだって貧しかったけど、この子よりはまだましです」

「…………」

「本当にただ、会いたくて後宮に来たんじゃあないのかしら。水晶宮の皇后さまも、会わせてやったっていいのに」

銀泉の目に涙がうっすらと滲む。

「そうね」

と翠蘭はゆっくりと応じた。

「――太監に伝えて薬湯を持ってきてもらうようにするわ。明明に伝えて美味しくて、食べやすい、滋養のある羹《あつもの》と粥を持たせましょう。看病をよろしくお願いします」

「お願いされなくても、看病はしますよ」

と銀泉が袖で涙を拭った。


一度、水月宮に戻って明明に玉風の体調を伝える。太監に薬湯を頼んでもらえるように文を書き、それは雪英に持たせた。

さらに手元に届いた尚宮からの写しを用意し、すぐに水晶宮に向かった。

――きっといま見舞ってもらいたい人は、伯母さんだと思うのよ。

玉風と伯母を会わせてあげたかった。

水晶宮の門をくぐり門番をつとめている宦官たちに申し出る。

「水月宮の昭儀、翠蘭です。梯子を取りに来ました」

「梯子、ですか」

宦官はきょとんとして聞き返した。

「樹氷宮の梯子がひとつここにあると聞いています。尚宮も把握している梯子ですので、紛失、もしくは譲与した場合は申告をしなくてはなりません。おそらく、こちらの宮で所持しているとされている梯子の数と、実際の梯子の数はあっていない。尚宮から写しをもらってきているので、あらためさせてください」

写しは、ある。

梯子のためにもらってきたものではないが、翠蘭のところに各所からさまざまな備品や消耗品の個数が記された竹簡の写しが届いているのである。そのひとつを持参し、懐からちらりと見せ、翠蘭は言い張った。

「陛下に命じられて、後宮で行方不明となった、とある人物を捜しているのです」

それには「ああ」と宦官がうなずいた。御花園の外れで見つかった髑髏の噂は後宮内に広まっている。翠蘭が義宗帝に調査を命じられたことも、きっとすでにみんなは知っているはずだ。

「はっ」

宦官は顔を見合わせ、翠蘭を控えの間に案内すると、

「皇后さまの指示をいただくまでのあいだ、こちらでお待ちください」

と言い置いて去っていった。

しばらく経つとふたりの宮女が来て「皇后さまがお会いになられるとのことです。こちらに」と翠蘭の腕に手をかけ、引っ張っていく。

水晶宮の宮女たちは、ひらひらと舞い踊る蝶のようである。あるいは、銀の鱗を光らせて水を泳ぐ魚の群れ。仙女のような身のこなしで翠蘭の両隣に立ち腕をつかむと、広い水

晶宮のなかを漂うように歩きだす。

水晶宮は庭も見事で、四季を楽しむ草花があちこちに植えられている。瓶や葉の形の円門がいくつも続き、石畳みの道はどこか迷路めいている。ひとりで足を踏み入れると、おそらく迷ってしまうだろう。

庭の向こうで、秋の色になった葉をつけた樹木の枝が、風に揺れていた。

「ようこそいらっしゃいました。皇后さまは今日は淑妃さまとお茶会をなさっていますの」

右に並んだ宮女が翠蘭にささやく。

「淑妃さまと？」

そんな場に自分が加わってもいいのだろうかと、ここにきて狼狽えた。

左を歩く宮女が、

「おふたりきりのお茶会は寂しいとお話ししていたところ、ちょうどよく翠蘭さまがいらしてくださり、皇后さまも淑妃さまも喜んでいらっしゃいました」

と笑う。

「他の妃嬪たちにもお声がけをしたのですが、皆さん、ご体調がすぐれないと断られたとのこと。いまの後宮は不浄が漂っているゆえに、宮に鍵をかけて閉じこもっていたいなどと弱々しいことをおっしゃられる妃嬪が多くて」

「そんななかで、出歩いていらっしゃる翠蘭さまは、さすがに陛下の剣ですこと」

両側から交互に話しかけられ、翠蘭は目を瞬かせた。

——おかしなことになった。

皇后に会って、玉風の伯母を水晶宮の外に出してもらう許可を得たいだけだったのに——お茶会に参加させられることになるとは。

「こちらでございます。どうぞお入りください」

と示されたのは、離れ家であった。

扉を開けると、すぐ近くに、宮女がひとり、こちらに背を向けて座っていた。小卓が横にあり、その上に茶を淹れるための道具が置いてある。

その対面に、鶴翼《かくよく》の陣の形に卓と椅子がしつらえてある。後宮に来る前にひととおりのことを習ったのだが、こんな形に卓を配した茶会を見るのは、はじめてだった。

椅子は全部で六席あった。

が、陣の形の席に座っているのは向かって右の真ん中の皇后と左の真ん中の淑妃のふたりだけで、あとは空席だ。

今日の皇后は赤い髪を双輪に結いあげ金の髪飾りと櫛でまとめている。歩揺は金と紅瑪《べにめ》瑙《のう》。衣装もまたとりどりの赤を重ねあわせたものに金の刺繍が入っていて、まるで炎を身にまとってでもいるかのようだ。

一方、淑妃は月の光をつむいだかのような装いである。ひとつに結った黒髪に銀の簪。真珠と銀の歩揺。陶器のごとく滑らかな白い肌に、光を湛えた漆黒の双眸。淑妃は、耳の形も薄い貝殻のように繊細で綺麗で整っていて、目を離したら消えてしまいそうに儚げだった。

黒い漆塗《しっくい》に玉石をあしらった花鳥図の屏風《びょうぶ》の前に座るふたりの美女の姿は、一幅《いっぷく》の絵のようだ。

「皇后さまにおかれましては本日も麗しく……」

翠蘭はまず、皇后に向かい揖礼をする。

「面倒な挨拶は不要よ。今日は無礼講の楽しいお茶会ですもの。淑妃と一度じっくりと話したくて呼び寄せて、なんとか来てもらったところに、あなたという邪魔がはいった。でも、陛下の剣であるあなたの訪問を断ることはできないわ。空いている席に座りなさい、昭儀」

皇后がぴしゃりと言った。

「はっ」

しかしどこに座るのが正解かがわからない。困惑していると淑妃が「隣にどうぞ」と自分の左隣を指し示す。

「はっ。ありがとう存じます。淑妃さまの隣に座す光栄を賜り……」

「いいから座りなさい。茶がまずくなる」

途端に皇后に叱られ、翠蘭は「はっ」と慌てて淑妃の隣に座る。

「皇后さまと一緒に飲むお茶は、どうあってもまずくなることなどございませんのに。ねぇ、昭儀」

淑妃が涼やかな笑い声をあげ、ささやいて、翠蘭を見た。

——そういう相づち、私に求めないでください。

小鳥みたいに囀り、笑い、こういうことを言い合うお茶会は、翠蘭の苦手な場所である。

——それにしても少女のような妃嬪だこと。

淑妃は病弱だと聞いているが、さもありなんと思わせる華奢で線の細い美女だった。けれどたぶんこう見えて、中身はしたたかなのだろう。だって皇后と一対一でお茶を飲んでいるのだから。

宮女が茶を淹れて椀に注ぎ、柄の長い小さな盆に載せて、皇后に差しだす。特殊な形の盆の柄の長さは、宮女から対面の座席までの距離にあわせていて、立ち上がらずともその盆に載せて配れるようになっていた。

「いま淑妃から髑髏を見つけたときの話を聞いていたところだったの。あなたは陛下に事件を調べるように命じられたのでしょう」

翠蘭が話を持ちださなくても皇后が自らそう話題を振ってくれた。

「あなたは獣並みにそういう勘所だけはおさえている」

皇后が薄く笑って、翠蘭を見つめ、続ける。

「あなたに問われる前に答えておくわ。水晶宮で、行方不明になった者はいない。尚宮官に伝えていない死者もいない。淑妃の宮はどうなのかしら」

淑妃は「先ほども申し上げたとおりでございます。おりません」と小さく答えた。

皇后とふたりで同様のやり取りを終えていたらしい。どうやら皇后は皇后で、事件の真相を調べていたのだろう。

淑妃の前に長い柄の盆が届き、椀を受け取る。ひとくち飲んで、にこやかに笑み、皇后を見やる。

「淑妃。髑髏を見つけたときの話を、もう一度、昭儀に伝えなさい」

皇后に命じられた淑妃は簡潔にそのときの状況を伝えてくれた。義宗帝と秋官に教わったことをそのままなぞるような話であった。特にあらたな発見はなく、さらに聞くべき質問も思いつかない。

「昭儀が聞きたいことがあるならこの場で問うて、その茶を飲み終えたら、とっとと去《い》ね」

皇后が冷たく言葉を投げ捨てる。ここまで歓迎されていないことが伝わると、いっそ清々しい。

「はっ。ありがたき言葉を賜り恐悦至極《きようえつしごく》。お言葉に甘え、皇后さまにお願いがございます。水晶宮の宮女の尹雨桐とお話をさせてください」

「尹雨桐？　徳妃のところからこっちに引き取られた宮女ね。なんの用がある？」

皇后は宮女ひとりひとりの名前も把握しているのか。これだけ人がいるのに、たいしたものだ。

「髑髏の件とは別件です。樹氷宮の梯子が水晶宮にあるのです。いま後宮では梯子が流行っている。梯子がないと樹氷宮が困ります」

なんだこれはと自分でも思うような説明だ。が、後宮で梯子は流行っているのだ。なにせ義宗帝が梯子を使って水月宮に忍び込んできたくらいだから間違いない。

後宮において義宗帝は絶対なので、彼が流行っているとみなした瞬間に「梯子が流行っている」と言い張っていい。

「流行っていなくても梯子はあったほうがいい」

皇后が鼻で笑う。言われてみたらその通りだ。皇后に許可を得て雨桐を連れだしたいと思いすぎて、妙な説明をしてしまった。馬鹿だった。

翠蘭の前に茶が運ばれる。椀のなかに入っている茶は、ずいぶんと少ない。手にしてひとくちすすると、それだけで飲みきれてしまった。

——飲んだら帰れって言っていたものね。早く帰れと、少ない茶をふるまわれたんだわ。

義宗帝に命じられたから追い返せないが、お茶を一杯飲むあいだは話を聞いたと言えば、言い訳はつくということか。

皇后が軽く手を叩くと外にいる宮女がやって来た。

「尹雨桐をここに」

命じてすぐに、尹雨桐が現れた。

どことなく怖じ気づいた様子の宮女が、拱手して入室する。

皇后にうながされたが、うつむきがちで、よく顔が見えない。

「顔を上げよ」

皇后に命じられ、宮女はおどおどと前を見た。

化粧がひどく濃く、本来の肌の色が定かではないくらい白粉を塗っているので、首の色と顔の色が違う。なのにしみが隠せておらず、むしろくっきりと浮き出ている。まるでしみをあえて見せつけてでもいるような白粉の塗り方だ。

——玉風にちっとも似てないわね。

そういえば玉風と彼女は血はつながっていないのだった。

——それに化粧がものすごく下手。

眉の描き方ひとつで、自分の顔がずいぶんと変わったことを思う。見た目は化粧の加減で変えることができる。もっと肌に馴染む白粉を使い、しみを隠し、紅も華やかな色を塗れば、きっと美しくなるのにと思う。

「樹氷宮の梯子がここにあるはずなの。あなたと探したいわ」

と翠蘭が言うと、雨桐はぷるぷると身体を震わせ返事がない。

「昭儀、なぜ雨桐なのだ」

皇后が雨桐のかわりに翠蘭に尋ね「樹氷宮の才人と縁がある者ゆえ、梯子が見つかれば共に持ち帰るのに都合がいいと思っただけです」と応じる。

すると雨桐が「畏れながら」と声をあげた。

「才人がどのように話しているのかは存じませんが、私は、才人とは血のつながりはないのです。才人がなくした梯子というのも、私に会うために水晶宮の塀にかけたもの。会えないと断ってもそうやって押し入ろうとする才人が、私は、怖くてなりません」

「ほう……あの、不審者の梯子だな。報告は聞いている」

皇后が興味深げに身を乗りだした。

「過去のすべてを捨ててここに来たのに、どうして才人は私を追いかけてくるのでしょう。私のことは忘れてくれと、後宮でお仕えすると決まったときに、そう伝えました」

顔を上げ、脅えた目をして、雨桐がそう言い切った。

「玉風は、あなたが渡した銀の耳飾りを大切に身につけて後宮に来たのですよ。せめてひと言、言葉をかわすくらい、いいじゃないですか。仕えてくれと言っているわけじゃあない。ただ、会いたいって」

「私は会いたくないのです。皇后さま、何卒……何卒」

雨桐がさっと跪き、叩頭し、皇后に許しを乞うた。床についた手のすべすべとした白さと美しさが、翠蘭の目の奥に染み込むようだった。

「私は慈悲深い皇后だ。ここまで嫌がっている宮女に、私は、なにかを強要したくないが――こと、これに関しては昭儀の頼み事」

皇后が翠蘭に判断を投げつけてくる。

「会いたくないのなら、会わずともいいのではないかしら。無理強いはできないわ。かわいそうですもの。皇后さまもあのようにおっしゃっている。昭儀、彼女の願いを聞いてさしあげて。私からもお願いいたします」

淑妃が小声でそう言った。鈴を転がすような声である。細いけれど、よく通る。

「そのかわり、私の宮女たちに梯子を持ち帰る手伝いをさせましょう。私の願いだけをあなたに押しつけるのは、よくないですものね。――皇后さま、そうしてもよろしいでしょうか」

「許す」

淑妃が音をさせずにすっと立ち上がり、顔の前で手を合わせ、優美な礼をする。

「ありがとうございます。皇后さまが宮女たちに常に深い思いやりをお示しになる姿、後

宮の妃嬪の模範となることでしょう。お茶はとても美味しゅうございました。今度は私の宮にもぜひいらしてくださいｌ

見惚れるくらい、模範的な礼だった。

——淑妃は細いし、小さいし、見た目は繊細そうだけど、心は絶対に強い。

「あの」

翠蘭が動揺すると「だって、あなた、お茶を一杯、飲み終えてしまったのでしょう？帰らなくては。私もあなたに付き添って帰ります。梯子を持っていかないとならないから」とまた、涼やかな声で笑う。

「昭儀、参りましょう。それで、ねぇ。私は歩くのが下手なの。手を貸して」

握るのが当然というように繊手《せんしゅ》を差しだされた。

翠蘭は皇后を見た。

皇后は苦い顔つきで、軽く顎を引きうなずいた。

帰ってもいいという許可は得た。

淑妃の手を取り、外に出る。柔らかく揺れるように、淑妃は歩く。うつむくと、豪華な刺繍を施した纏足の布沓が見えた。

家屋の前で待っていた淑妃の宮女たちが駆けよってくる。

「小薇、小魚、話は聞こえていたわよね。梯子を持ち帰ることになったわ。昭儀が梯子を探すのについていきましょう」

　ふたりの宮女は「はい」と応じ翠蘭を見た。続いて、淑妃は水晶宮の宮女に話しかける。

「不審者の梯子があるのはどこ？　皇后さまに持ち帰る許可をいただいたの。皇后さまのことですもの、自宮の梯子とは別に置いておくようにと命じてあるはずよね」

　問われた宮女は「こちらです」と翠蘭たちを連れていこうとした。

「待って。遠いなら私は歩けない。昭儀、私を背負って。お願いいたします」

　ぎょっとした。背負ってと願われるとは思わなかった。

　戸惑うと「できないの？」と不思議そうに言われる。

「いえ。できます」

　背中を向けて屈み込むと「ん」と小さな声がして、首に腕がまわされる。体重が背中にかかる。ぐっと腰に力を入れて立ち上がる。ひどく軽い。

　背後からいい匂いがする。甘すぎない、爽やかな香りだ。歩く度に、淑妃の髪飾りが揺れてこすれあい、ちりちりと音がする。音といい香りといい軽さといい、自分が仙女をおぶって歩いているような心地にとらわれる。

「ちょうどいいわ。うちの宮女があなたに占ってもらいたいと願っていたの。たあいのない占いよ。里に残してきた恋人が、いまでも彼女を思ってくれているかどうか。もう二度と会えないけれど、ずっと思っていてもらいたいって願ってるんですって。未来はなくても恋を占いたいなんてけなげよね」

耳朶《じだ》に吐息がかかる。優しい、鈴の音のような声音が耳をくすぐる。

「占いですか。どうして私に？」

「あなたが道士の娘だから」

「違います。私は道士の娘じゃない」

「違うの？　後宮に力のある道士の娘が輿入れしてきていると聞いたのよ。だとしたらそれはあなたしかないだろうと、みんなが言っていたわ。不浄を祓ってのけた妃嬪は、あなただけだもの」

最近、道士という言葉を何回か聞いた。最初は義宗帝の口からだった。それから尚宮官のところでも聞いた。

淑妃が、背負っている翠蘭にしか聞こえない小さな声で問う。

「あなた、亀の甲羅や獣の骨で呪いや占いしないの？　ひびの入り具合で、吉凶を占うの。それから易《えき》。算木と筮竹《ぜいちく》をじゃらじゃらかき混ぜたり、数字を計算したり」

「いえ。私の師は武芸の達人です。ありとあらゆる書物が集まっていましたから道教の本も読むには読みましたが――占いなんてできない」

「そうなの。じゃあ、私は、かばわなくていい人をかばってしまったようね」

翠蘭たちが梯子の在処に辿りつく。

淑妃は背中から滑り降り、

「──これはあなたに」

と懐から手巾に包んだ櫛を渡して寄こした。

──櫛？

木を削った飾り気のない素朴な櫛で、ずいぶんと汚れている。乾いた泥がこびりつき、みすぼらしい。

「これ、髑髏と一緒に拾ったの。髑髏を見つけたときに、私、髑髏が呪具だとすぐに気づいたから、櫛は、埋めた人の持ち物だと思ったのよ。それで、隠したの。ごめんなさいね」

「え」

「呪いや道術を知らない人は、わからないことだと思うわ。私はたまたま知識があるから。道士の娘が後宮にいるって聞いていて、だとしたら髑髏を埋めたのはあなただと思ったの。私、あなたをかばおうとしたのよ」

「私を……？」

「そう。あなたにまつわる噂話がどれもおもしろそうだったから、かばってあげたくなったのよ。この櫛はあげるわ。あなたが好きに使っていい。私のかわりに〝本物の道士の娘〟をかばってくれてもいいのよ。──小薇、小魚、輿をお願い。私は先に宮に帰る。あなたちは昭儀を手伝って梯子を持ち帰らせてあげて」

にこりと笑った淑妃は、言いたいことだけを言って、輿に乗って去ってしまった。

彼女は義宗帝や皇后とは違い「命じない」が「願う」ことで他者を従えさせる絶対者のようであった。

＊

玉風が意識を取り戻したときに思ったのは「苦い」であった。

口のなかがとんでもなく苦い。なにを食べたのだろう。ここまで苦い食べ物なんて、知らない。

どうやら自分は寝台に横になっている。羽織らされた羊の毛織物が重たい。

毛織物をはねのける度に、優しい手が、それを引き戻す。

「……雨桐伯母さん。重いのよ。口のなかに変な味がするし」

自分の声がひどく遠い。

「それに私は寝込んでなんていられないんだ。だってお父さんを探しにいかないと。目を離すとすぐお金をお酒に代えちまう」

——育ての親は善人すぎて、病で伏せて働けなくなったところで、だまされて、借金の証文をとられちゃったんですよ。

誰にそんなことを言ったんだっけ。

善人だったのも本当で、病で伏せて働けなくなったのも本当で、だまされたのも借金の証文をとられちゃったのも本当で。

そして、玉風の育ての親はろくでもない男になった。つらいことがあるとすぐに酒に逃げて、借金を増やす。玉風が稼いできたお金も、伯母が稼いできたお金も、みんなあっというまに酒になって父の腹のなかに消えていった。

ろくでもない親だが、だからといって嫌いになれない。だって育ててくれたから。

――いい人なんですよ。捨て子の私を拾って、ここまで、まっとうに育ててくれた。

父は何度も玉風を拾ったときの話をした。

「おまえは、へその緒をつけたまま、うちの前の道ばたに捨てられてたんだ。みゃあみゃあ泣いていたから、猫の子かと思ってな。雨桐姉さんに見にいかせたら人間の赤んぼうだったから驚いた」

この話をするとき、素面《しらふ》の父は涙ぐむ。ただし酒臭い息を吐きながら同じ話をはじめるときは用心深く距離をとらないとならない。酒は父の感情を滾《たぎ》らせる装置で、それはちょっとしたことで爆発する。

――まあ――貧民街ですから、まっとうと言っても、妃嬪の皆さんの思うまっとうとは違いましたけど。

「その、おまえのへその緒を、呪いの道具として売って、その金でおまえに飲ませる山羊の乳を買ってきたんだ。おまえがあんまりちっちゃくって、それが俺たちにはひどく怖ろしかったよ。すぐに死んじまいそうで。死んだらそんときはそんときで、赤子の骸も呪具になるし、育っても、育たなくてもどっちでもいいと、雨桐にうそぶいたものの、できるもんなら生きててくれって思ったよ」

そう言う父の隣で、伯母の雨桐が「あんた、ひどいことを平気で言ったわりには、必死になってたわよね」と笑っていた。

伯母は、いつも泣きそうな顔で笑う。普通にしていても寂しげなのに、笑うとよけいに寂しそうに見える人だった。頬がこけて、肌は浅黒くて、顔にも手の甲にもしみが浮いていて——実際の年よりもっと老いて見えた。

「仕方ねぇだろ。俺は腕のいい道士だからなんでもできるけどよぉ。呪うのは得意なのに生かすのは下手だ。そういう道士なんだから。必死にもなるさ」

父は、なんでも呪具にする、頼まれたらなんでもやってのける、腕のいい道士だった。金がなかったから仕事は選べずなんでもやったけれど「なんでもやります」という言葉で呼び込まれる客筋は、悪辣《あくらつ》なものばかり。

酒の抜けたときの父は、途方に暮れた顔で呪具の手入れをしながら、こぼしていた。

「人を呪い殺させておいて、金は払わねぇ。逆に〝あんた、すごい相手を殺したんだぜ。あんたがやったって知られたら、あんたの家族もろとも仕返しされる。殺されるだけならまだいいが、手足を斬り落として、見せ物にして売られるかもなあ。だから口止め料を俺に支払いな〟なんて言う連中ばかりでさあ。そういうことを言う奴は、それを本気でやりかねねぇんだから、困っちまった。呪い損だ」

呪い損とはよく言ったものだ。

次から次へと嫌な依頼ばかりを引き受けて、気づけば、父は、四六時中、酒瓶を抱えるようになった。どろりと濁った目をして失禁し、倒れ込んで眠る日々。

それでも素面になると、ほろほろと泣きながら、伯母や玉風に頭を下げるのだ。

「遠くに行っておくれ。俺はもう、こんなふうにしか生きられねぇ。俺は自業自得だけどな、おまえらは違うんだ」

遠くに行ってくれ。

どこか遠くで幸せになっておくれ。

くり返される父の言葉はいつしか呪いのように玉風の心に染みついた。

それでも——最初に遠くに行ったのは玉風ではなく、伯母だった。父の借金のかたに売り飛ばされた。

そういえば、どうして伯母はずっと父に寄り添っていたのだろう。父の姉だと言ってい

たけれど、本当だったのか。それすらも定かではない。ろくでなしの父に親身になれるも
弟だからというだけで、あんなに愛情深く、ずっと、ろくでなしの父に親身になれるのだろうか。

長じるにつれてそんなことも疑問に思ったが——考える度に、玉風は、親身になれるのだろうと結論づけて納得した。なぜなら自分もまた、ただ拾われて、育ててもらえたというそれだけで、伯母と父を大事に思って育ったから。

なにより、伯母が逃げださなかったのは、自分がいたからなのだとわかっていた。

玉風が父の側にいたから——伯母は玉風を置いてひとりで逃げ出すことはしのびなく——けれど玉風を連れて逃げだすことができるほどに強くなく、稼ぐあても知恵もなかったから。

優しい伯母——優しい女。

酒に溺れた父が手をあげたときにかばってくれるのは伯母で、あいだに身体を斜めに差し入れて、玉風のことを守ってくれた。

「酒を飲まなきゃ、いい人なんだけどね。善人なのに貧民街で道士なんてやってるから、こういうことになっちまった。昔はいい人だったんだ。本当さ」

暴れる父から玉風をかばい、嵐みたいだった父が眠りにつくと、しんとなった家で伯母は毎回そうつぶやく。

伯母は玉風を抱きしめながら、素面の父が優しくしてくれたことや、ほんのたまに持ち帰ってくれた、どうやってもらってきたのかもわからない甘い果実の話をする。

「あんたも食べたよね。干し柿。あれはきっとよそから盗んできたんだろうけどさ、でも美味しかったよね」

毎回、同じ話になる。玉風は何度も「美味しかったね」とうなずいた。

「あんたを拾ったときさ、あたしたちはまっとうになれると思ったんだよ。あんたはか細くて、守らないと生きていけないしろもので、目を離せなくて、あたしもあの人もすぐにあんたに夢中になった。あんたを育てはじめてから五年くらいまで、あたしたちは幸せだったよ。貧しいなりに――幸せだった」

では、いまは、幸せではないのかと聞くまでもない。

どうしていまは不幸なのかも聞くまでもない。

玉風を育てるために金が必要になって、それで借金が増えていったせいだ。知っている。

「ありがとう。拾ってくれて」

と玉風が言うと「ありがとう。育ってくれて」と伯母が笑う。

そうやって過ごして――ずっと過ごして――。

ある日、伯母は後宮に行くことになった。

宮女になることが決まったとき、伯母は、それだけは手放さなかった母の形見という銀の耳飾りを玉風に渡して「絶対にお父さんに見つからないように、隠しときな。本当の本当に困ったときはこれを売って金を作って、遠くに行きな」と念を押した。

その銀の耳飾りを売れば、伯母は、後宮に行くことにはならなかったのに。そこまで大事にしていたものを、伯母は玉風に手渡した。

「これで借金がちゃらになったりするもんか。わかってたからこの耳飾りもずっと隠して持ってた。売っぱらったらさ、なくし損だもの」

呪い損に、なくし損。損ばかり。

「だいたい、一度返したって、また次に借りてくるんだ。今回もすぐにまたあんたのお父さんは新しい借金をこさえるよ。そういう人なんだもの。いつかまっとうになってくれると信じてたけど、どうにもならなかったねえ。あたしはもう仕方ないけどさ、あんたは、ちゃんと遠くに行くんだよ。この銀の耳飾りを使って、ここから出ていくんだ。わかったね。あんたはもう、ひとりでここを出ていける」

言い聞かせるように、何度も。

「あんたを拾っちゃって、ごめんねえ。あんたが泣いてるのを見つけたのが、あたしたちじゃなかったら、あんたはもっと幸せになれたかもしれないのにねえ」

そんなことないよと、玉風は返す。

伯母さんに拾ってもらって幸せなんだよ。

「優しいねえ、あんたは。あんたを育てさせてもらえて、あたしは、幸せだったけどさあ」

溶けて消えてしまいそうな、甘い声だった。いつまでも聞いていたかった。いつまでも抱きしめられていたかった。

――でも、私は充分に幸せだったんです。だから、お父さんのためになるなら、輿入れも仕方ないかって。

酒瓶を手にしていないときの父は、優しかった。玉風に読み書きを教えてくれたのは父だ。家にあった道教の本を紐解いて、道士の術も教えてくれた。

「おまえは筋が良い。占いも、呪いも、これでけっこう才能が必要だ。おまえには道士の才能があるよ。雨桐にはないが、おまえには、ある」

才能ってのは、なんだか、わかるかい。

「どうしても誰かを呪いたいって願えることとさ。俺の本性は、最初からずっとこうだった。ろくでもねぇのさ。雨桐は俺の本性をなにひとつわかってねぇ」

だからあいつはここから逃げられねぇんだ。

本音を見破ることのできる知恵がねぇ。才能もねぇ。

けど、玉風、おまえは違う。

おまえは雨桐姉さんじゃなく、俺に似てる。

「俺はな、金のためにって言いながら、本当は、この力を使いたいだけなんだ。だから、まっとうになれねぇんだ。好きで転がり落ちてんだ。こんなことしないでも稼いでいける術はあるのに、どうしても誰かを呪いたいから〝金稼ぎだ〟って言い訳をつけてる。――本当は呪うことが好きなんだ。それだけだ」

沼みたいな暗い目をして父が言った。

酔っぱらいの戯《ざ》れ言《ごと》とは思えない、真面目な声だった。

「おまえには才能がある。おまえは物覚えもいいし、読み書きも算盤《そろばん》もあっというまに覚えちまった。そのへんに転がしておいた道教の書物も、俺がいないあいだに読み通しているだろう。向上心。そう、こんなところで育ってるのに向上心ってもんがある」

だからおまえは、遠くに行ってくれ。

「遠くに行って、もっと大きなものを呪えるようになんな。こんなところでちっぽけな道士になってるようじゃ、力のふるいようがねぇだろう。その腕、好きにふるってさぁ、この世界みんな呪っちまいな。もう充分わかっただろう。思い知っただろう。この世は、ろくでもねぇ。赤子のおまえは死ななかったから呪具になりそびれたが、生きのびたおまえは賢く美しく、ちょうどいい呪具に育ったじゃねぇか」

おまえを育てて、俺は満足だよ。

おまえなら、酒の助けも必要じゃないんじゃねぇか。俺は存外、弱くて、たまに自分の本性が怖くなってだめだったんだ。

だけどおまえは肝が据わっている。

おまえなら、素面で人を呪えるんじゃねぇか。なあ。

父はそんなふうに言うのだけれど〝女の道士〟に仕事をくれる人は貧民街でもいなかったのだ。

どれだけ学んでも知識は玉風を救えなかった。

ここで暮らす女のできる仕事は知れている。

「だから、遠くに行ってくれ」

そう言われて、玉風は借金のかたに売り飛ばされた。

娼館ではなく後宮を選んだのは、そこに伯母がいたからだ。

予想外だったのは、読み書きが不得意で器量もよくなかった伯母とは違い、玉風が宮女ではなく妃嬪になったこと。

めでたい話だ。後宮なんて。遠くに行って、もっと大きなものを呪えるようになんな。

その言葉こそが、呪いであった。

「……お父さん、私は」

呪いたくなんてないんだ、と。

声に出して言おうとした瞬間に、目がぱちりと開いた。

高い天井。あたたかい部屋。綺麗な壁。

——違う。

ここは南都の実家ではない。

あの、屋根が破れて壁も朽ちた、隙間風が素通りしていくぼろぼろの家ではなくて後宮の樹氷宮だ。

瓦が落ちて門柱の塗りが剝げていると翠蘭昭儀に心配されたけれど、雨漏りも実家より少ないし、充分にあたたかい——後宮の宮の寝床。

「ごめんなさいね、あたしで。伯母さんでもお父さんでもなくてさあ」

銀泉が申し訳なさそうな顔で、玉風を覗き込む。

滲んだ視界のなかで、銀泉の身につけたきらびやかな装飾品がきらきらと光をまとって瞬いている。寝込んだ場所で見る光景ですら、後宮は違うのだと玉風はしみじみと思う。

ずいぶんと、まばゆい。

額がひやりと冷たい。

触れてみると氷嚢《ひょうのう》が載っていた。氷は贅沢品《ぜいたくひん》だ。冬の最中なら、そのへんの池の氷を割って持ち運ぶことはできても、いまはまだ秋。たかが才人の看病に氷嚢なんてそんな贅沢が許されるはずはないのに。

「銀泉さん……氷……どこから……もったいない……高いのに」

かすれた声で問いかけると、銀泉が笑った。

「高いわよね。翠蘭さまに命じられたって、雪英さんが持ってきてくれたの。お代は気にしないでって。薬湯に、お粥も羹もある。明明さんは看病に慣れていて、煎じた薬を練ったものを、寝てるあなたの口の裏になすりつけてた。口のなか、苦いでしょう」

だったら、この苦みは、薬か。

「夢を見てたわ。ここに来る前の夢。雨桐伯母さんが笑ってた」

伯母は玉風を抱きしめて笑い、父は呪いの言葉を投げつけた。

ふと耳に触れる。耳飾りは取り外されずにそこにある。触れていると、心が落ち着く。

たとえ伯母が玉風を忘れても——玉風は伯母を忘れない。寂しそうな笑顔。浅黒い肌に浮いたしみ。いつも悲しげな目をしていた。決して器量よしではなかったし、勉学もできなかった伯母だったが、玉風にとってはそんなことはどうでもいいことだった。

読み書きが不得手なのにたどたどしい字で最初の半年だけ文を書いてくれた。遠い地で玉風を気遣ってくれた。

涙がほろほろと頬を伝い落ちていった。

4

じりじりと夜が過ぎていった。

翠蘭は自室で尚宮から渡された写しを読み込んで、過ごした。

髑髏の入った箱はずっと翠蘭の部屋にある。神剣も。なにかが起こるかと身構えて控えていたが、幽鬼は現れない。まんじりともせず、一夜が明けた。

——骨が占いの道具なら、髑髏だってそうだ。

髑髏と共に櫛が埋まっていたのならこの髑髏の主はきっと女性だろう。でもそこは一旦、置いておく。

——淑妃はいちばん先に気づいていて、なのに誰にもその推理を披露しなかった。

だとしたら義宗帝は同じところに行き着いているんじゃないだろうか。髑髏も骨だ。骨を埋めて、誰かを呪おうとした人間が後宮にいる、と。

思い返してみれば、義宗帝が翠蘭に命じたのは「そなたに、御花園で見つかった髑髏の持ち主について調べる栄誉を与えよう」だった。

殺されたのが誰かとか、殺したのが誰かとか、墓を暴いたのは誰かとか――そんなことは言われていないのだ。

義宗帝が翠蘭に調べさせたかったのは「持ち主」だ。

――また、私は、ひとりだけ真実を伝えられずに見当外れの調査をして後宮内を駆けずりまわっていた。

「先に言って。大事なことも、わかっていることも、先に言ってよ」

口にしてしまうとそれが事実となってまわりに肯定されるから、わかっていても口にしないでやり過ごすのが後宮の作法なのだとしても。

頭を抱えて卓に突っ伏す。

とにかくこれは「すでに起きた殺人事件の結果の骨」ではなく「これから起きる呪詛《じゅそ》事件のきっかけの呪具の骨」なのだ。

だから髑髏以外の骨が見つからない。

だから一度焼かれている。

――そりゃあ、皇后さまも出てくるし、陛下だって慎重になる。

後宮で呪われるとしたら筆頭は義宗帝だ。それとも皇后が今回の呪詛の対象ということもあり得るのだろうか。

――もしかしたら皓皓党の手の者かしら？

皓皓党という反乱軍を指揮していた徳妃の兄の武将は、遠くに逃げて、行方をくらましている。

前回の反乱の失敗を経て、次は呪具で義宗帝を亡き者にしようとしたのか。

しかし、翠蘭は即座に自分で、その考えを否定した。

「……呪いで？　呪いはさすがにないか……。幽鬼を実際に見てしまった以上、そういうものも世の中にあるんだろうって思ってる。不思議なことは起こるんでしょう。いろんな力があるんでしょう。でも」

呪いによる死は、不確かだ。

実際に斬り殺すのは確実で――呪いで殺すのは不確かだと、翠蘭はそう感じている。呪いのなんたるかをまだ理解していないからかもしれないが、幽鬼は、人に祟って病を起こすことは可能だが、斬ることはできない。

「それに、陛下を呪うなら、陛下に取り憑く。だけどこの髑髏の幽鬼は、玉風の前で姿を現した。しかもあれは呪っているっていうより、心配そうにして寄り添っているだけだった……」

――髑髏は、ではどこから来たの？　誰が持ち込んだの？

墓は暴かれていない。外から持ち込むのだとしたら、尚宮官たちから集めたこの大量の写しのどこかに物品の移動が記載されているはず。

翠蘭は頰杖をついて写しを次々手に取った。ここから読み取れることはないだろうか。

名前と年齢。

いつ、どこで、なにを支給されたか、なにを求めたのかの生者としての記録。

枕の増減。減るのは死んだ人たちの分。この後宮で子どもは生まれないから、増えるのは入ってきた人たちの分。宮から別の宮に異動する宮女たちの名前。墓場の埋葬記録と日時。

事故死。自死。病死。死者たちの記録。思っていたより自死が多いことに驚いた。みんなそんなにここでの日々が耐えられなかったのか。

生と死が淡々と書かれている。文字の分だけ人生があるのだと思うと、圧倒された。

自然と、目が尹雨桐の名を探していた。

「三年前に後宮に来て、徳妃のところで宮女としてつとめている。玉風に最後の手紙を送ったのが、来てから半年経った頃って言ってたわね」

なにがあったのだろうといくつかの写しを辿っていく。雨桐が来て半年後――徳妃のところの宮女がひとり自死していた。朱利香《しゅりか》。三十歳。書かれているのは名前と年齢と死因だけ。彼女がどんな人生を生きたかまでは、写されていない。

それでも写しを読めば、わかることもある。

朱利香には兄がいて、兄は宦官となり妹の利香と共に後宮に入った。それが二年半前と明記されている。だとしたら朱利香は宮女としてつとめだしてすぐに亡くなったことになる。

写しを捲って、兄の名前も確認する。朱張敏《ちょうびん》。大人になってから宦官となり後宮に来たようである。若いうちに浄身した宦官は貧しさゆえで、大人になってから宦官になるのは罪人だ。

「兄妹とそろって後宮に来たのには相当な事情があったのでしょうね。そんな若い同僚が後宮に入ってすぐに亡くなった。雨桐はそれでなにか思うことがあったのかしら。その後の水明宮では宮女の増減はなく、誰も死んでない」

死がなかったとしても、そこに幸福があったかどうかは、わからない。

「そして……尹雨桐は、春に徳妃が夏往に旅立って以降は皇后さまのところで働いている。血のつながっていない子を育てて、慕われていたのに、その子とはもう二度と会いたくないと言って……」

彼女にとって後宮での日々は、どういうものなのだろう。昔の暮らしを忘れてしまいたいと思えるような幸せな日々なのだろうか。

——彼女は、玉風みたいに、ここに来ることに希望を見いだして来たわけではなかったのかしら。

最新の記録には玉風に支給した手当の金額も記載されている。けれど才人としての前払いの手当はおそらく借金を支払うために家に置いてきたのだ。やって来た彼女の手荷物も記載されている。銀の耳飾りと木製の櫛と装束や、家財道具として家宝の壺。持参したのは、ふた包みの袋だけ。

「なんでも書いてある。もしかして私の花嫁道具一式も書いてあるの？」

ぱらぱらと読み返すと——翠蘭が持参した武器と防具一式に至るまでなにもかも記載されていた。それから、毎月支給されている手当の金額も。

そこまで見て——おかしいと、思った。

玉風の家財道具として記載されているものと、実際に樹氷宮に持ち込んだものに、ずれがある。

銀泉は言っていた。

——いま着ている服一式とその耳飾りだけなんだ。茶碗ひとつ持たずに、本当に着のみ着のままで。

家宝の壺は、どこで消えたのか。銀泉の記憶違いで、樹氷宮のなかに飾られていたが、翠蘭も気づかなかった可能性もあるけれど。

「そういえば——道士の娘が後宮にいるらしいという噂が、あった」

根も葉もない噂は長引かない。広まる噂には常に骨格があるのだ。噂に血肉をつけるのは、口にする人びとの思惑で、だから噂はいつもどこかで歪んで、膨らんで、ぶれていく。

それでも、噂の芯にはいつも、誰かの願いと真実という骨がある。

と、なると、後宮のどこかに道士の娘がいるはずだ。

——腕のいい道士の娘が後宮に呪具を持ち込んで、なにかを施した。

「つながった。ひとつに、つながったわ。髑髏を持ち込んだのは彼女なのね」

うめくような声が零れ落ちた。

はたしてそれで合っているのだろうかと、翠蘭は、記録にしるされた玉風の名前を指で辿る。

玉風との会話を思いだす。はしばしで見せた理解の早さと地相学や道教についての知識。それでいて彼女は道に迷って御花園の外れに出現した。

「考えてみたら、迷うはずがないのよ。どの道が、どの方角にのびているかを玉風はおそらく知っている。つまり、わざわざ、自分のいる宮から秋官たちが髑髏を掘りかえしている場所の様子を見にきて——私たちに接触したってこと?」

幽鬼が寄り添っていたのは玉風だ。

そして、髑髏が埋められていたのは後宮の南西——そこが裏鬼門だと教えてくれたのは尚宮官だったか、玉風だったか。

あの場所は、呪具として髑髏を埋めるのにもってこいの場所だったのだ。埋められた場所にも、意味があった。

「髑髏の持ち主は、玉風」

――だとしたら、玉風は、なにを呪ったの？

そこが翠蘭には、わからない。

翠蘭にできることは「持ち主は尹玉風です」と義宗帝に伝えることだけ。

でも――。

「彼女を……罰したくはない」

翠蘭の唇からつぶやきが零れる。

「なんだか、まだなにかが足りない気がするわ。なにが足りないんだろう。どうしたら……」

彼女を救えるのだろう。

夜を徹して細かい文字を読み続けたせいで、目がかすむ。組んだ手に額を載せ、うつむいて嘆息した。

「娘娘《ニャンニャン》。帰りました」

閉じた扉の向こうで控えめな声がした。

明明だ。

玉風の看病に出した明明が、朝になって水月宮に戻ってきたのだ。

「入って」

入室した明明は疲れた顔で、まぶたが少し腫れぼったくなっていて、眠そうだ。それでもにこやかに笑んでいる。笑っているから、玉風の病状は峠を越したのだろうと安堵する。

「玉風さまはもう大丈夫のようです。熱も下がって、起き上がれるようになりました。娘娘にお礼を言いにいかなくてはって張り切っていらっしゃいました。銀泉さまと私とで、まだもう少し大事をとって休んでいてくださいって押し止めましたけど」

明明が翠蘭に言う。

「そう。ありがとう。明明も疲れたでしょう？　眠るといいわ」

「はい。朝ご飯を作ってから少しお休みさせていただこうと思います」

明明はどれだけ疲れていても翠蘭に尽くそうとする。すぐに寝てもらいたいのに、きっとあれこれと仕事を見つけて、休まないで夜まで過ごすに違いない。

別の簡単な用事を申しつけて、無理に休ませてしまわないと。

「朝ご飯は、いらないわ。ごめん。あなたがいないあいだに、お菓子をつまみ食いしてしまったの。でも、酒醸《チユウニヤン》を明明と飲みたい。一杯、持ってきてくれる？」

酒醸とは米と糀《こうじ》を混ぜて発酵させた飲み物だ。ふわりと甘く、酒の香りが立った酒醸は身体をあたためる。豆乳に混ぜたり、調味料として使うことが多いが、そのまま飲んでも美味しい。

「はい」

明明はすぐに酒醸を用意して戻ってきた。ひとつを手に取り、明明に手渡す。そして自分も手に取る。とろりと白い酒醸を口に含む。甘くてあたたかくて、優しい味がした。

「美味しいね」

と吐息を漏らすと、明明が淡く笑った。

「娘娘、あまり根を詰めないでくださいますよ。ひどい顔をしていますよ。私も寝ますから、娘娘も眠ってください。髑髏のことは少し忘れて……」

気遣いたいのに、気遣われてしまう。

「忘れるわけにはいかないわ。だって罪のない秋官が囚われている。早く解放してあげないと」

「娘娘はいつもそうなんです。お人好しすぎるから、陛下にいいように使われてしまうんですよ」

「お人好しなんかじゃあないわ。私のはただの世間知らずよ。今日は、それが申し訳ないなって感じてる。——雪英を見ていてもたまにそう思う。苦労らしい苦労を知らずに暮らしてきたのが、後ろめたいようなそんな気持ち」

玉風が道士の娘で、なにかを呪うために髑髏を埋めたとして——翠蘭にそれを咎める権利なんてあるのだろうか。

翠蘭は呪いのなんたるかを知らない。実質、呪いで誰かが死ぬことなんてあると思えない。呪ったとしても、髑髏の幽鬼らしきものが取り憑いていたのは玉風じゃないか。倒れてしまったのは玉風だ。

「娘娘だって苦労はしてこられたじゃあないですか」

翠蘭の困惑や悩みを知らない明明がそう返してくる。

「でも、ひもじかったことはない。于仙がいて、明明がいて、いろんなことを教えてもらったわ。後宮に来ることでなんとか食いつないでいけるって思う人がいるなんて、知らなかったのよ」

「それは私もです。娘娘だけがなにも知らなかったわけじゃない」

明明の指が翠蘭の眉間に触れる。

「知らなくても、いいんですよ。そうやって、一緒に傷つくことができる人なら、それでいいんだと私は思います。私はそういう娘娘が好きですよ。だから、そんなに悲しい顔をしないでください。眉間に、いらないしわができていますよ。娘娘のかっこいい顔に、そんな不幸そうなしわは似合わない」

「私が言いそうなことを、かわいい顔をして言わないで」

でも、ありがとう。

優しくしたいと思って触れてくる指はいつでもあたたかくて、翠蘭を勇気づけてくれる。

触れてくれた手に、自分の手を重ね、目を閉じる。

「……明明、私、陛下にお会いしてくる。　話さなくてはならないことがある。　明明は先に休んでいて」

聞いた途端にいつものように目をつり上げた明明に、「お願い」と笑顔で懇願し、翠蘭は椅子から立ち上がった。

乾清宮はやたらに広くて豪華絢爛な建物だ。

朱塗りの丸い柱が高い天井を支えている。　見上げるとあちこちに赤と金で空を駆ける龍が描かれ、きらびやかな色の彩雲がたなびいている。　龍を象った文様はそれぞれに少しつ顔が違う。　どの龍の目も、廊下を歩く翠蘭を睨みつけ、追いかけているような気がしてならない。

翠蘭は、太監に「髑髏の幽鬼の件でお話をするために交泰殿で陛下を待つ喜びを賜りたい」と申し出た。

今、義宗帝が誰を側に侍らせているのかを翠蘭は知らない。　聞く必要もない。

他の宦官はさておき、太監は、義宗帝と翠蘭の普段のやりとりを身近で聞いている。　一瞬、顔を強ばらせたが、ふっと息を吐いて拱手して去っていく。

少したってから宦官たちがやって来て「交泰殿にお通しいたします」と翠蘭の前を歩き

案内をしてくれた。

交泰殿では、髪もほどき、衣服を脱いで全身を宦官たちにあらためられた。

常に命を狙われる龍の自室に向かう以上、仕方のないことである。検分はこれでもう二度目だ。慣れることはないだろうが——耐えられた。

場合によってはそのまま衣服を身につけずに、ここから絹の袋に包まれて移動することもあるらしいが、義宗帝は「あらためて後、服を整えて待て」と命じたようだ。

脱いだ服が戻されたのでもう一度着衣し、ほどいた髪を簡単に結った。男装だと脱ぎ着も、髪を結うのも、ひとりでできて、らくでいい。

長椅子に座って待っていると、しばらく経って、義宗帝が扉を開けた。

「今日の伽札は淑妃が持っている。わざわざ早朝に私に懇願するかわいい剣を慈しみたい気持ちはあるが、そなたと淑妃との三人で褥に入るのは、私の気が乗らぬ。許せ」

伽札とは、伽を命じられた妃嬪があらかじめ渡される木札のことだ。

「はっ」

「ここで話を聞く。まずは、らくにせよ」

義宗帝が翠蘭の隣に座り、なぜかさりげなく翠蘭の頭を傾けて、自分の膝の上に載せた。

普通ならそんなことはさせない。

させないのだが——義宗帝に触れられたと同時にふいに翠蘭の身体から力が抜け、されｒ

るがままになってしまった。

自然な動作で膝枕をされて、義宗帝が当然という様子で翠蘭の頭を撫でる。

翠蘭は慌てて起き上がろうとした。

けれど、身体が動かない。

「陛下っ、あの」

義宗帝が身を屈め、翠蘭の耳元でささやく。

「暴れようとするな。かわいい猿。黙って私に撫でられていろ。ここは交泰殿だ。乾清宮に望んで入った妃嬪に触れずに、帰してしまうわけにはいかないのでな」

そういえばそうだった。翠蘭は、伽を求めて乗り込んだ妃嬪になる。話だけして帰らせるわけにはいかないのだろう。

「だいいち、そなたはなにかを悩んだ末のひどい顔をしている。そなたは私が飼育する愛しい獣で——可憐な花で——清らかで鋭い剣だ。私にはそなたを慈しむ権利と義務がある」

視線を上げると、義宗帝は真顔である。

本気で言っているのだ。いつものことだ。これは彼の権利であり義務なのだ。

しかも、義宗帝の撫で方は実に絶妙だった。猫だったら喉を鳴らす。犬だったら尻尾を振る。たいがいの獣は腹を出して降参し、とろんとした顔になるだろう。

自分がとても大切にされているのが伝わる撫で方をするのだ。

「……このままで話せ。聞いている」

乱れてほつれた髪をすくいあげ、ゆるゆると頭を撫で、頬に触れ、喉をくすぐる。あやすように触れていく指の温度はいつも通りに冷たくて——けれどそれが心地いい。

無駄な抵抗は、あきらめた。翠蘭は義宗帝に振りまわされる運命なのだ。彼の剣になるとは、そういうことだ。

覚悟を決め、膝枕に頭をまかせ、横を向いた。

せめて目は合わせないでいよう。義宗帝のきらきらしい顔を下から見つめるのは少し恥ずかしい。見下ろされるのも、微妙に困る。

「髑髏の幽鬼を見ました。幽鬼は、樹氷宮の才人、玉風に寄り添っておりました」

「そうか」

「女性の幽鬼でした。以前に神剣で斬った男の幽鬼とは違い、髑髏の幽鬼に殺気はありませんでした。考えてみれば、私は剣を携えなくても殺気だけはわかるんです。殺意があるものには身体が反応する。今回の幽鬼は、優しい幽鬼です。玉風のことを心配し、離れがたくて、側にいるように感じられました」

翠蘭には、そう見えた。

「それで？」

「あの幽鬼は、陛下にあだなすものではないと、私は、思います」

髑髏が呪術の道具である可能性も、髑髏を後宮に持ち込んだのが誰なのかの推理も、口にしない。翠蘭が今日話しにきたのは、幽鬼のことだけだ。

「では、我が剣は、捨て置けと――そう私に頼みに来たのか？　害のない優しい幽鬼ゆえ祓う必要はない、と」

冷たい声だった。

「いえ。害はあります。幽鬼は、人に取り憑くもののように思えます。雪英が幽鬼に触れて寝込んだのと同じに、玉風も幽鬼に触れたことで、倒れて寝付いています。あれがずっと後宮を徘徊《はいかい》するのは、よくない」

翠蘭は即答する。

――きっと陛下もあの幽鬼を見たのだろう。

見たからこそ、翠蘭に髑髏を調べろと命じた。

見ましたかと聞いても答えはしない。義宗帝はなにかしらの力を持っているが、その力を隠している。ここでの会話も誰が聞いているかわからず、記録されている可能性もある。

彼の力にまつわることは、なにも言えない。

――誰が髑髏を持ち込んだのかも、もしかしたら知っているんですよね？

単刀直入に聞けたらいいのに、聞けないでいる。

知っているよと微笑まれたら、話の流れで、玉風を罰することになりそうで、怖い。

曖昧にごまかして濁すから、全部がぼんやりとしている。

そうか。どこで誰に聞かれているかわからないと思うと、こんな話し方になってしまうのか。核心に触れず、知られたらまずそうな部分は隠し、どうとでもとれるように語る。

——この、苛々する話し方。嫌だけど、陛下に似ている。

妃嬪の人たちの話し方にも似てきている。

環境によって話し方すら作りかえられていく。

「陛下、おかしな話に聞こえるかもしれませんが、私の気持ちを伝えてもいいでしょうか」

「気持ちを？　いいだろう。許す」

「私が髑髏を見て、寒そうで寂しそうと言ったのを覚えていらっしゃいますか？　私は、女性の——おそらく宮女とおぼしき幽鬼も、寒そうでかわいそうだと感じました」

義宗帝が息を呑んだ気配がした。顔を斜めにして見上げると、薄い氷に包まれているような、きらきらとした美しい顔で微笑んでいる。

「そなたには、そういう優しいところがある。私にはないものだ」

触れ方が、さらに優しくなった。幼い子を宥めるように、髪を梳いていく。

「陛下にも、ありますよ」

翠蘭が即答したら、義宗帝は目を瞬かせた。

「ないのなら、私に髑髏がどう見えるかなんて聞かなかったんじゃないかと思います。私に剣を持たせなかったとも思います。陛下は……その……陛下は……ご自身で思っているよりずっと優しい心をお持ちです。ただそれをまっすぐに伝えられる状況にいらっしゃらないだけで」

と小声で伝え、また横を向く。

「あの……もう少し話を聞いてください。幽鬼に憑かれて倒れてしまった、才人の玉風のことです。玉風には尹雨桐という伯母がいて、もとは徳妃のところで宮女としてつとめていたんだそうです」

「いまは水晶宮にいる、尹雨桐だな」

「ご存じなんですか？」

「名前と年齢だけ知っている。そなたが尚宮に頼んだ写しと同じものを私のところにも運ばせた。そなたの見逃しがないように、私も同じものに目を通すべきだと思ったのだ」

「え。ありがとうございます」

「ありがたいのか？」

「手伝ってくださるのは、助かります。私も自分で、なにかを見逃しそうだなと思ってたんです。前回も、その前も――私は肝心なところで勘違いしていたから」

義宗帝が、鼻白んだように「そうだな」とつぶやいた。

――ちょっとそこは否定されたい！

翠蘭はむっとしたが、引っかかっていても仕方ないので、話を続ける。

「玉風も雨桐もずっと苦労をしてきて、後宮が逃げ場所だったんです。玉風はおもしろおかしく外での暮らしを話してくれたけど、途中で私は笑えなくなってしまった。私の知らない、生き方でした。だけど、玉風にとって、伯母だけが頼りで、慕う相手だったという気持ちは私もわかるんです。私と明明みたいだなって」

明明と自分は、世界にたったふたりぼっちだと、そんな気持ちで後宮にやってきた。

義宗帝はなにも言わず、翠蘭の頭を撫でている。

「でも、雨桐は、後宮に来て半年で『私は後宮で生きていく。外に出ることはない。だから、もう返事を書けない。私のことは、いなくなったものとして忘れるように』って手紙を玉風に送ってきて。玉風が後宮に嫁いできたのに、かたくなに、会おうとしないんです。玉風がかわいそうです。玉風の銀の耳飾りは、雨桐にもらったものなんだそうです」

「あの耳飾りか。なるほど」

義宗帝の手の動きは一瞬だけ止まったが、すぐにまた、翠蘭を撫ではじめる。

「玉風は、陛下に愛されたいし、愛したいって言ってました。本気でした」

「殊勝な心がけの妃嬪だ。心に留めておこう」

「はい。私、玉風に幸せになってもらいたいんです」

すべてが明らかになったときに玉風の助命を願いたいと、その意図を含ませて訴える。

伝わっているだろうか。

「後宮の妃嬪と宮女を幸せにするのは私の義務であり権利だ」

どんな顔で言っているのかとちらりと見上げると、真顔だった。

「でしたら、陛下の神剣である私に、玉風に取り憑いた髑髏の幽鬼を祓うことを許していただけますか」

玉風にまつわる物事の解決を翠蘭にまかせてくれることは可能だろうかと、おそるおそる聞いた。

「だめだ」

にべもなく拒否され、目を閉じる。

だめ、か。

奥歯をぎゅっと噛みしめる。玉風を救いたいのに、手を差しのべられない自分に腹が立った。

思わず、義宗帝の膝を掴んでいた手に力が籠もり、膝に爪がめり込んだ。

「あっ、ごめんなさい……」

謝罪すると、義宗帝が静かに言う。

「そなたに爪を立てられるのは、嫌いではない。許す」

「はい」

「どうやら、そなたは今回も大切なことをいくつか見逃しているようだ。よって、私のやり方に従うのなら、後宮をさまよっている女の幽鬼を祓うことを許そう。それでどうだ、我が剣」

「それでどうだと言われても」

口ごもったら、

「そなたの力で、髑髏の幽鬼を壊せ。命じる」

と、義宗帝はそう続けた。

命じられたら「はい」しか返事はできないのである。

「翠蘭」

珍しく、義宗帝が翠蘭の名を呼んだ。

「はい」

「捕らえられた秋官は、まだ無事でいる。そなたが幽鬼を祓ったら、あれを暴室から外に連れだすことができるだろう。励め」

義宗帝は、たまに、そういうことを言うのだ。人の心がわからないふりをするくせに、人の心を敏感に察してくれる。

そして――優しい。

ときどきとても優しいのだ。

「はい」

うなずくと、義宗帝が顔を近づけ「私の身体に傷をつけるなよ」とつぶやいて、ついでのように翠蘭の耳に口づけを落とした。

小さな音が耳元で爆ぜる。

「ぎゃっ」

怪鳥みたいな声をあげたが、跳ねることだけは我慢した。いま飛び起きたら、翠蘭は義宗帝の額か頬かどこかに頭突きをしてしまう。

「やればできるではないか。きちんと耐えた。――私の膝から、起きることを許す。顔をおあげ」

笑いを含んだ声に言われ、耳に手をあてて、のろのろと起きる。顔が火照って、熱い。

「陛下……なんでそんなことを」

「乾清宮に来る妃嬪とは、こういうことをするのだ。なにもせずに帰すわけにはいかない。それにしても、そなたは、毎回、見事に愉快な鳴き声をあげる」

笑顔で言われ、翠蘭は唇を嚙みしめ、そっぽを向いた。

翌日の深夜――子《ね》の刻《こく》である。

この日は朝からずっととめどのない泣き言のような雨が降っていた。

空は密度の高い暗黒に染め上げられ、月も星もない。

翠蘭は、白い衣装を身につけて、神剣を佩刀し、後宮の東の外れ、霖宮《りんきゅう》の前に義宗帝とふたりで立っていた。義宗帝は珍しく髪をひとつに結い上げて、漆黒の動きやすい衣装を身にまとっている。

翠蘭が両手で抱えているのは髑髏をおさめた箱である。

傘も持たず歩いてきたせいで身体が芯まで冷えていた。

「本当にここでいいんですか」

前に立つ義宗帝の背中に思わず問う。

「ここが、いいのだ」

「どこからどう見ても廃墟ですよ」

樹氷宮どころの話ではない。屋根の瓦も落ちているし、塀は朽ちていて、塀としての役割をはたしていない。どこからでも忍び込み放題だ。だというのに、閉じた門扉に鎖の錠前が幾重にもくくられているのだ。意味が、わからない。

欠け落ちた塀の穴の隙間に蜘蛛の巣がかかっている。義宗帝の持つ手提げ行灯《あんどん》の光が、蜘蛛の巣を飾る雨の滴に反射した。

本当なら義宗帝に行灯を持たせるなど畏れ多いことなのだが、翠蘭の両手がふさがっているし、ふたりきりなので仕方ない。

「昭儀にしては鋭いことを言う。その通り。ここは廃墟だ。先代の御代に、流行病《はやりやまい》を得た妃嬪がいてな。伝染病であるゆえ、侍医のすすめにより、宮女、宦官もろとも、ここに封じ込めて、廃した」

「廃したって……つまり？」

「薬と食料は充分に与え、宮の全員が病を得て、滅するのにまかせた。そのうえで、宮を封鎖し、付近の宮の者は家移りをし、接触を避けた。霖宮の四方の宮がいまだ無人なのは、その名残だ」

さらりと怖ろしいことを言って、義宗帝は行灯を地面に置き、門扉の錠前に鍵を差し入れる。

がちゃりと重たい音がして、鍵が外れ、鎖がだらりと落ちた。

「霖宮は呪われていると皆が言う。人の心に宿る幽鬼の影を祓うには、うってつけの場所だ。恐怖は、人に、見えないものを見せることができる」

低い声が湿った闇夜に響き、翠蘭の背中がざわざわと震える。

——幽鬼を祓うのに最悪の場所の間違いでは？

闇のなか、義宗帝が手に取った手提げ行灯の光がゆらゆらと揺れていた。

足を踏み入れると、外同様に、宮のなかも荒れていた。手入れされずにのびた樹木の枝と枝のあいだに蜘蛛の巣がかかり、顔に張りついてくる。井戸のまわりに割れた石が落ちている。透かし細工の窓も壊れ、もとがどんな形だったか定かではない。

「そういえば、そなたが案じていた玉風だが」

「はい」

「乾清宮に呼び寄せて、煎じた薬を下げ渡し、水晶宮に行かせて尹雨桐の顔を屛風越しに内密に確認させた。雨桐は、別人であったよ」

「別人って、どういうことですか？」

翠蘭が聞き返すと「ああ」と義宗帝が肩越しに振り返る。

口元だけで笑って、冴え冴えと青光りした双眸には笑みの欠片も見えない彼は、夜の化身と見まごうばかりに、あやしげで美しい。

「やはりそなたは気づいていないのだな。此度《こたび》の幽鬼に関しては二年半前にすべてがはじまっていた。尚宮宮の記録に目を通したら、わかることだろうに」

「わかりません。まったくわかってません」

「尹雨桐は二年半前に、死んでいる。いまの尹雨桐は、別な宮女のなりかわりだ」

「えっ」

「女は化粧で化けるという。美しく若く見せることができるが、醜く老いた容姿に変えることも可能だ。目立つ容姿の宮女なら難しいが、雨桐は、これといった特徴のない宮女だった。雨桐のような、印象に残らない、普通の年かさの女になりかわるのは、存外、たやすいことなのだろう」

後ろをついて歩いていく。暗闇が翠蘭たちを閉じ込めるように迫ってくる。義宗帝が掲げる行灯の明かりが遠ざかると、自分が夜に呑み込まれてしまいそうで、不安になる。

義宗帝は足を止めず、闇を照らし、進んでいく。

「雨桐は後宮に来て半年で、まだまわりに馴染んでおらず、親しい相手もいなかったのだろうな。なりかわられてもまわりが気づきもしないで受け入れたというのだから。尹雨桐は、徳妃の宮で、友らしい友も作れずに果てたのだ」

しんとした切ない言い方だった。

翠蘭の頭のなかでかたかたと音をさせて物事が整理されていく。大量の記録を思いだす。

後宮に来て半年で誰かと入れ替わったのだとしたら――。

「徳妃の宮女。朱利香。三十歳……」

つぶやくと「そうだ」と返事があった。

記録によると、自死した宮女は、雨桐より十五歳ほど若い。そういえば、翠蘭が水晶宮で見た雨桐の化粧は、あまりに下手だった。

しみを隠さず、むしろ目立たせていた。首や手の色より濃い色の白粉を顔に塗り、うつむきがちで顔を見せず――手だけは妙に白く、華やいで見えた。

手だけが印象深かったのは、そこだけが浮いて見えたからだ。違和感があったのだ。あれはずっと働いてきた、四十代の女性の手では、ない。

「死んだ後の孤独は、私にはまだわからぬ。それよりも、生きて、孤独であるほうが耐え難いのではと案ずる。後宮の妃嬪、宮女たちを幸せにするのは私の義務であり権利だ。尹雨桐が生きているあいだに、彼女の寂しさに気づくことができなかったことを申し訳なく思っている。許せ」

翠蘭は、義宗帝の背中に必死に追いすがる。

許せと言われて「許す」と言ってあげたい。でも、それを言えるのは翠蘭ではないのだ。

――生きて、孤独であることが耐え難いと、この人は知っている。

胸の奥がじわじわと切なく痛んだ。

「じゃあ、この髑髏こそが尹雨桐なんですか」

翠蘭は持っている箱を見下ろす。

だから玉風に取り憑いたのか。心配して寄り添っていたのか。自分はここにいると訴えていたのだろうか。悲しんでいる玉風を慰めようとしていたのか。

「まさか。それは後宮の裏鬼門に埋められていた、別な誰かの髑髏だ」

義宗帝が絶妙に髑髏を持ち込んだ玉風の名前を出さずに語る。

「はい」

「昨日の話では、そなたも、そこまでは行き着いていたと思ったが、違うのか？」

「違いません。ただちょっと混乱してしまって」

「入れ替わった尹雨桐の死体は、朱利香として後宮の墓で弔われている。そなたが取り寄せた記録の写しから読み取れなかったのか、愚か者。私も皇后も尚宮官も後宮の生者と死者の人数を数えまちがうことはない。ならば髑髏は外から来たのだ」

「……はい。すみません」

「朱利香は自死とみなされていたが、こうなってくると死因は別なのだろう。隠すべき死に様であったということだ。自死でも検屍は行う。生きている者同士のなりかわりはできたとして、死体と生者のなりかわりは、死体になる側が難しい」

「そうなんですか」

「身体をすべて調べられ、特徴や傷跡の有無や歯まで秋官と検屍官が見る。ということは、死体を調べた側に不正があったのだ。宮女ひとりで成すのは無理だ。しかも朱利香には兄がいる」

「宦官の……」

　写しを辿って得た情報を思いだす。

「そうだ。宦官の朱張敏。朱家の主は地方で武官をつとめていたが犯罪をおかしてつかまった。両親は斬首。家の断絶を命じられ、息子の張敏は罪をとがめられて宦官となり、妹の利香ともども後宮にやって来た。罪人の家という出自は自然と周囲に知られるものだから、朱利香は後宮でも疎んじられていたのであろう」

「朱家は、どんな罪をおかしたのでしょうか」

翠蘭が小さく尋ねると、義宗帝が即答した。

「院試試験の試験問題の漏洩だ。院試は科挙試験のうちのひとつで、それに合格すると国立学校の入学資格を得られる」

「試験問題の漏洩って、家の断絶を命じられるほどの罪なんですか」

驚いて聞き返したら「いや」と義宗帝が否定する。

「通常ならば流罪が相応だ。死罪を命じるほどの罪ではない」

「だったら、どうして」

「さて。どうしてだろうな」

義宗帝がいぶかしむように眉根を寄せて考え込む。

「そなた、知っているか？　華封の国において成人した男が宦官となるのは、恥なのだ」

話が飛んだ。

「はい？」

「そなたには、わかるまい。私もまた、本当の意味で理解し得ることはないが、罪人と貧しさの象徴である宦官になるのはこの国の男にとっては恥なのだ。朱家の主も宦官となる道があったのに、それを拒否して斬首された。しかし息子の張敏は、死ぬことより宦官となってつとめることを取った。私は彼がそれだけ生きたいのだろうと、そうとらえていた」

けれど違ったのかもしれないと、義宗帝がつぶやいた。

「なにかなし遂げなければならないことがあるから宦官となり、妹を連れて後宮に来たのかもしれない」

「それってどういう意味ですか」

義宗帝は翠蘭に教え諭すように、話しだす。

「華封をいま動かしているのは私ではなく、皇后と夏往国と——この国の官僚だ。科挙試験は官僚になるための唯一の道だ。それだけではなく、科挙試験を受ける資格を得るための院試も、いまとなっては地方の有力者を作るための装置になっているらしい。貧富の差を問わず、有能である者に門戸を開く制度を逆手にとって、自分と同じ未来を思い描く者たちを官僚や地方の有力者にするための大がかりな不正を行っていけば、いつか国を転覆させることができると考える者がいたとしたら……？」

翠蘭の頭のなかで、義宗帝の説明が解かれていく。

数多の官僚と地方の有力者たちが手を組んで中央の政治を覆す。

造反だ。

――それもまた、反乱である。

かつて義宗帝を排除しようとした皓皓党とはまた別の、国を覆すための造反だ。

「ずいぶんと気の長い計画ですね」

ぼそりと告げると、義宗帝が花のように艶やかに笑った。彼がここで麗しい笑顔になるのが、翠蘭にはつくづくよくわからない。しかしそれが義宗帝なのである。

「短気な計画よりは、好ましいし、私には理解しやすい」

「なんで嬉しそうにするんですか。首謀者が逃げている皓皓党だけでも大変だっていうのに……」

「朱家は、その皓皓党とも手を組んでつながっている可能性がある。死者の宮女と入れ替わって過ごしていたのが徳妃の宮だ。いよいよ、おもしろくなってきたではないか」

徳妃のところというと――。

「それは……皓皓党が絡んでいる可能性があるのですか」

「可能性としてはあり得るというだけだ」

思っていたより大きな事件であるらしい。

「幽鬼を祓うためではなく――後宮の安寧《あんねい》のために、私は、かつて朱利香であって、いまは尹雨桐として生きている者に、聞かねばならない。私と秋官が見過ごした事件をそのまま放置はできない」

「はい」

「一方、その髑髏については尚宮のどこにも記録がない。ないものがあるのも、困るのだ。だからその髑髏はしかるべき処理をして壊してしまえばいい」

「は？」

――髑髏の幽鬼を壊せって言われていた。そうだった。

義宗帝は、説明不足ではあるが、主旨と違うことを命じない。

辿りついたのはここもまた厳重に封じられた部屋の前である。

「では――はじめよう」

義宗帝が鍵を開け、両開きの扉を引き開ける。

＊

風が、強い。

開いたままの扉がぎぃぎぃと低い音をさせて揺れている。

蜘蛛の巣と埃にまみれた部屋の中央に円卓がある。

白い布を敷いて、その上にところどころ茶色の土をつけた髑髏が載っていた。

白い衣装を着た翠蘭が神剣を手に、円卓の前の椅子に座っている。

他には誰もいない。義宗帝は翠蘭をひとり置いて、去っていった。

部屋の片隅に置いてある燭台《しょくだい》の蠟燭《ろうそく》の炎が縦長にのびて、ちりちりと音をさせた。

扉の向こうに闇がずっと、のびている。

目をすがめて見つめると、灯りがぽつんと上下に揺れながら近づいてきた。

――尹雨桐。

いや、朱利香なのだろうか。

義宗帝に「彼女は本当にここに来るのですか」と聞いたら、彼は薄く笑って「後ろめたいことがあれば、来るだろう。なにせ髑髏が見つかったし、私の側近の官僚が書いた手紙を届けせている」と請け負った。

髑髏が見つかり、秋官が暴室送りになっている。

事態の全貌が見えないまま翠蘭があちこちに聞いてまわり、尚宮から記録の写しをもらい受け、水晶宮の皇后や、淑妃にも話を聞いている。

つまるところ、場合によっては、新たな事実がでっちあげられてまたひとり暴室に送られるのではと、秋官、宦官、宮女たちが疑心暗鬼になっているのだそうだ。

――そもそもが、その舞台作りのために私を走りまわらせたのね。

翠蘭が素直に真面目に駆けずりまわる姿を見て、みんなのなかに「これは義宗帝の忠実な剣が真面目に調べてまわるような大事件なのだ」という認識がすり込まれた。

雨桐——利香は、傘をさし、手提げ灯籠を片手に翠蘭のもとに辿りつく。

そうっと首をのばして部屋のなかを覗き込み、傘をすぼめて畳み扉の横に立てかける。

顔にはたいた濃い色の白粉は雨に濡れてところどころ剝げている。暗い、陰鬱な表情で、どこか脅えた目をしてこちらを窺う女のその手は、記憶のままに白くて綺麗だった。

——二年半、彼女は雨桐の人生を生きた。

ばれないようにするために、ひと目を避けて、わざと容色が衰える化粧をして、びくついて生きてきた。

そうできたということは——朱利香もまた、徳妃の宮で、人と入れ替わったとしても気づかれないくらいの、印象の淡い女だったということである。

彼女の兄は、彼女を支えてくれていたのだろうか。だったらいいのだけれどと、翠蘭は思う。そうじゃなければ、彼女の二年半も、また、尹雨桐同様に寂しすぎるから。

「……私を呼んだのは、昭儀さまなのですね」

小声で問われた。

翠蘭が呼んだわけではないから返事はしなかった。

冷たい風に吹かれ、開けた出入り口から、雨が斜めに降り注ぐ。訪れた女は、灯籠を傍らに置き、身を縮め、おずおずとこちらを見る。

床に置いた灯籠の火が、ふ、と消える。

部屋の片隅に置いた蠟燭の炎だけが、ぼっ、と音をさせて高くのびる。

「何卒何卒」

女は這いつくばって、床に頭を打ちつけ、そう訴えた。

「あなたがなにを願っているのかが、わからない」

翠蘭が問い返すと、

「わからないはずないじゃないですか。あなたは皇后さまのところに押し掛けて、私を尹玉風と会わせようとしていた。それに、陛下にあだなす者として告発されたくなければ、ここに来いと手紙を寄こしたのはあなたなのでしょう」

弱々しい声でそう言った。

「その手紙を持ってきた？」

「いえ」

女はずるい顔をした。手元に残すことで、なんらかの手札として使える機会があると踏んだのかもしれない。その手紙は義宗帝の側近の官僚の書いたものだと聞いている。

——持ってこなかったこと、燃やさなかったことをあなたはきっと後で悔やむ。

それもきっと彼女を告発する証拠になりかわる。義宗帝も皇后も、そうなるように、動くことができる。

翠蘭は立ち上がり、這いつくばる女のまわりをぐるりとなぞって、扉を閉めた。

「霖宮は呪われていると聞いている。よくこんなところに、深夜に、来たわね」

「……あんな手紙をもらって、来ないでいられるわけがありません」

屋根が欠け落ちているのだろう。雨漏りがしてあちこちで水滴の音がする。

水滴があたり、びくっと身体を震わせた女の頬が炎に映しだされる。

「あなたは尹雨桐ではない。朱利香ね」

翠蘭が断じると、彼女は、はいとも、いいえとも言わず、うつむいた。

翠蘭は片手で腰に下げた剣を鞘からさっと引き抜き、掲げる。刃が蠟燭の炎で赤く染まり、ぎらりと光る。

小さく息を呑む利香を見つめ、翠蘭は剣を振り上げた。

「ひっ」

自分が切られると思ったのだろう。飛び退って逃げようとした利香が、転倒し尻餅をつく。

翠蘭は彼女ではなく、背後にある髑髏を一刀両断する。

――髑髏を壊せ。神剣は焼いた骨を切ったところで刃こぼれひとつしない名剣である。

義宗帝は翠蘭にそう言った。

そのひと言がなければ、こんなに思いきりよく剣を振り下ろせなかった。引き下ろすと、剣を持つ手に反動が伝わる。がちりと突き刺さった刃は、そのまま髑髏を断った。

ふたつに割れた髑髏の片方が卓から転がり落ちる。からり。ごろり。乾いた軽い音をさせて転がる骨が利香の足もとで止まる。

「あなたが尹雨桐を殺したの？」

利香は今度も、はいともいいえとも答えず、がくがくと震え、尻だけで後ずさる。

刃物を見せると、気構えが、わかる。

本来は、気の弱い女性なのだろう。少なくとも、死ぬ覚悟はできていないのだ。命を賭してなにかをしているわけではないのだ。

どうしてこんな人が、別人と入れ替わって過ごそうなどと思いついたのか。もしかしたら彼女の兄に振りまわされた結果で自分の意思ではなかったのか。いったいなにを隠したくて——朱利香は「後宮内で、殺されて」しまったのだろう。尹雨桐として「後宮内で、生きて」いくことになったのだろう。

女はくるりと身体を反転させ、立ち上がり、出入り口めがけて駆けだした。

扉を開けようと手をかけて——。

「なんで……開かないっ」

悲鳴のような声をあげる。どんどんと扉を拳で叩くが、びくともしない。

彼女の声に呼応するように家屋のまわりを激しい風が吹き抜ける。

遠いところから女の悲鳴と哄笑《こうしょう》が響いた。

「……っ」

びくっと身体をすくませて周囲を見回す。

やめて殺さないで――あたしがなにをしたっていうの――見捨てないで。

壁の向こうで、女の声が小さくなって、消えた。

「ここは呪われた宮なのでしょう？　こんな雨の夜にあなたが悲鳴をあげたとしても――様子を見にくるのは、幽鬼くらいよ」

翠蘭が言う。

利香は振り返り、扉に背中を張りつけて、怖じ気づいた顔で翠蘭を見返した。

彼女の背後の扉で――今度は、男の呻き声が聞こえてくる。

助けて助けて助けて苦しい……途切れた声に耳を澄ますと、ふいに、どんっと扉が揺れた。

「ぎゃあっ」

女は扉から離れ、頭を抱えてしゃがみ込んだ。

翠蘭は抜き身の剣を持ったまま、近づいて屈み込む。床に剣を刺し、利香の顎に手をのばす。顎を摑んで、上向かせると、脅えて、涙に濡れた目が翠蘭を見つめ返した。

手巾で顔の濃いしみを拭う。布に茶色の染料がべたりとついて、現れたのは、綺麗な白い肌である。

「あなたが殺した尹雨桐の幽鬼が後宮をうろついている。私は彼女を祓わないとならない！」

翠蘭は剣を引き抜いて手に持つと、外の風に負けぬ強い声で朗々と訴える。

この言葉が合図だ。

さきほどはぴくりとも動かなかった扉が、引き開けられる。

風と雨と共に部屋に入ってきたのは——。

「——尹玉風さま」

利香が、つぶやいた。

玉風は純白の上襦に裙を身につけている。白は不吉な死の色だ。青ざめて、頬のこけた病み上がりの玉風は、ぎらぎらと光る目で利香を凝視している。風が彼女がまとう白い領巾をふわりと巻き上げる。

その耳に光るのは、銀の耳飾り。

翠蘭は神剣を手にし、暗い気持ちで玉風を見上げる。

——幽鬼が、いる。

玉風に寄り添うように、うろうろとまとわりつく宮女の幽鬼が、おぼろに輪郭を溶かしながら闇のなかを漂っている。玉風の顔を覗き込み、はらはらと身を揉みしぼり、また離れ——また近づいて——触れようとして——けれど触れられず——同じ動きをくり返す。

足を踏みだし、玉風が利香の側に屈み込んだ。

「あなたが、雨桐伯母さんを殺したって本当なの？」

「………………」

「伯母さんが私に送った最後の手紙、書いたのは、あなたなのでしょう。伯母さんは、あんなに長い文章を書けるような人じゃあなかったの。自分の名前と、それから必要な単語。あとは絵。——最後の手紙だけちゃんと文章になっていて、違う人の代筆なことはすぐにわかった」

「………………」

「あなたの字なことも、もうわかったわ。陛下が、あなたの書いた字を私に見せてくれた。最後の手紙と同じ字だった。あなたが私の伯母さんと入れ替わっていたという、証拠がある。私への最後の手紙と、あなたの字と、伯母の文字と絵。これだけでもう充分証拠になるわ。でも、私は、あなたの口から真実が聞きたいの」

玉風の耳から垂れ下がる耳飾りが揺れている。

外は雨。風が強い。雨漏りのする廃墟で、暗がりに対抗するのはたった一本の蠟燭の明かり。

現実と幽界の境目が淡い。

他にもなにか、見てはならないものを見てしまいそうな気になるくらい。

ざあっと激しい音をさせて豪雨が斜めに降り注ぐ。

雨が玉風と寄り添う幽鬼の身体を容赦なく叩く。

と——。

雨の滴が、ぐるりとうねった。風に舞った飛沫が空中に留まり、波となって玉風の側に寄り添う幽鬼に張りついていく。

床に落ちた滴がざわざわと這いまわり、幽鬼の足もとを伝い上がる。

幽鬼が——神剣を持った翠蘭にしか見えていないはずの幽鬼が——雨の滴に命を吹き込まれ、ゆらりと立ち上がった。

玉風が驚いた顔で、水の幽鬼を見つめる。

「……伯母さん?」

ささやきに応じるように水の幽鬼は形を伴ったまま、ぶわりと大きく膨れ上がり、空中を舞う。

「伯母さん……なのね」

玉風は水の幽鬼に追いすがろうと、立ち上がる。

刹那、蠟燭の火が、ち、と音をさせて消えた。

闇が広がる。

利香は「ひぃっ」と声をあげ、おびえて、逃げだそうとした。

翠蘭は咄嗟に利香の腕を摑み、引き止める。

「助けてください。助けて。呪わないで。私じゃないんです。殺したのは私じゃない。兄さんが」

――利香には、宦官となった兄がいる。

「兄は皓皓党で――それが雨桐にばれてしまったんです。あの女は、馬鹿みたいに真面目で、寝る間も惜しんで働いて――深夜に汚れ物を洗いに外に出て――見なくてもいいものを見てしまって――だから」

叫び続ける利香に、

「口封じに殺したの？」

と翠蘭が問いかけた。

「……はい」

うなずいた利香は観念したかのように、泣きじゃくりながら話しはじめる。

「兄が。突き飛ばして、首を絞めて……雨桐がいなくなっても後宮では誰も気にしないのはわかってた。口を利く相手もいなかったし、いつもひとりで――でも、あの女は家に手紙を頻繁に書いて送っていたから――腕がいいけど性悪の道士の弟がいるという噂があって――」

「外に、彼女の死を知られないように、入れ替わることにしたの？」

「はい。私も、兄に命じられ、目立つことなく、人と触れあわずに地味に過ごしていたので、ちょうどいい、と。仲間がいるから、すべて、うまくやってみせるからと言い含められて」

「あなたはそれでよかったの？」

「私は……」

「自分の人生を生きてこなくて、よかったの？　本当は綺麗な白い肌なのに、わざとしみを描いて、他人と触れあわずに、びくびくしながら生きてきて、それでよかったの？」

返事はなかった。

翠蘭は、利香の襟元を片手で摑んで引き上げ、くるりと反対側の腕を首にまわす。首の後ろの呼吸の通り道を目がけ、手刀を切る。手加減は大切だ。苦痛なく一瞬に落ちる状態で、相手の身体に負担がないようにして、意識を奪う。

がくんと前のめりに倒れた利香の身体が、ぐんにゃりと重たく翠蘭の腕にしなだれかかった。

*

開かれた扉の外——義宗帝は黒衣に身を包み、闇に紛れて佇《たたず》んでいた。

今宵、激しい雨が降ってくれたのは彼にとっては好都合であった。

──私は龍の末裔。

華封の国の初代皇帝は龍であり、その子孫である彼にもたらされた才は、巫《かんなぎ》と見鬼《けんき》の才、そして水を操る力。

常人には見えない幽鬼の姿に雨の滴を添わせるのは、彼の力をもってすればたやすい。そうすることで見鬼の才がない者も、幽鬼を認識できる。

霖宮は封じられた呪いの宮だ。

ここでなにが起きても、それは呪いとして処理され、噂されることだろう。

玉風に寄り添う宮女の幽鬼は、髑髏に憑いていたものではない。銀の耳飾りに憑いていた。彼女は玉風の側から離れない。神剣を手にしたときしか見鬼のできない翠蘭には、わからないことではあったが──義宗帝は、はじめて玉風に会った野遊びの場で幽鬼が心細げに玉風のまわりをさすらっているのを見ていた。

髑髏が見つかった件を調べろと最初に翠蘭に命じたのは、思いつきで、気まぐれだ。けれど、玉風に憑いた幽鬼を見て、今回の事件にまつわるすべてをまかせてみようと決めた。

幽鬼は語る言葉を持たない。あるのかもしれないが、少なくとも義宗帝には聞こえない。彼の見る幽鬼はどれも、生前に未練を残し、やり遂げられなかったことを、ひたすらくり返すのみ。

その未練を優しく汲み取れるのは、翠蘭昭儀だと――義宗帝はそう思ったのである。

――私では、こうならなかった。皇后でも、こうはしなかった。

「昭儀には、そういうところがある」

義宗帝はひとり、右手を軽く掲げ、風を弾くように指を柔らかく動かす。

「尹雨桐」

部屋のなかの幽鬼に、遠くから呼びかける。

彼の見つめる先で、水滴を張りつかせた幽鬼がすうっと飛翔する。

「よく尽くした。大義であった。尹雨桐、空に還ることを許す」

後宮のなかにおいて義宗帝の命は絶対である。

義宗帝の手から淡い金色の光が零れ、龍の形となり、幽鬼のもとに進み出てその姿を巻き取っていく。金の龍が幽鬼の水滴を払い落とし、ゆっくりと空高く飛翔し――消えた。

あとに残ったのは闇だけだ。

「雨桐。そなたにとって私は至らぬ皇帝であった。許せ」

髑髏は壊された。

朱利香は過去の殺人事件を自白した。

彼女の証言をもとにして、後宮にまだ居残っている皓皓党の残党を始末できる。

翠蘭が意識を失った朱利香を抱きかかえ、外に出るのを眺め、義宗帝はふと首を傾げる。

——呪われた宮と噂は相性がいい。

相性がいいからこそ、きっと広く伝わるだろう。そして真実が含まれている噂は根強く残る。

——さて、皇后はこれを見過ごせるだろうか？

これで、いままで秘してきた龍の力の発現が露わになるかもしれない。

それでもあの寂しい幽鬼の姿を、玉風に見せてやりたいと思ったのだ。たとえいっときであっても触れあってくれればいい、と。

義宗帝は自分の手を、不思議な気持ちで見おろす。

いままではそんなふうに思ったことなどなかったのに、どうして——。

「……私が丁寧につき続けていた嘘が、綻びるかもしれない」

——あなたはそれでよかったの？

いまさっき、翠蘭が利香に問いかけていた言葉が、脳裏でこだましている。まっすぐに、思いの丈を投げつける。翠蘭はいつでもそうだ。

——自分の人生を生きてこなくて、よかったの？

同じ言葉を翠蘭にぶつけられたら、自分はどう答えるだろう。この、嘘で取り繕い、己を押し隠した生き様を問われたら。

「よい。これが私の人生だ」

目を閉じて、義宗帝は、そうつぶやいた。

これが義宗帝の生きてきた道であり、そしてここから自分は翠蘭という剣を携えて、新しい運命を歩きはじめる。

終　章

急ぎ足で秋が去っていく。

雨が降る度に寒くなり、御花園を賑わしていた花も少しずつ趣を変え、植え替えられていく。晩秋を彩る薔薇に仙客来《シクラメン》、孔雀草に金蓮花。後宮はどの季節もあでやかな花と色に満ちあふれている。

御花園の外れで見つかった髑髏は、皓皓党の残党が義宗帝を呪詛するために後宮の裏鬼門に埋めた呪具である。

それを突き止めたのはまたもや後宮の男装妃である水月宮の昭儀、翠蘭。

――ということに、なってしまった。

なにはともあれ、皇后によって暴室に囚われていた幼い秋官は無事に解放されたので、よしとする。義宗帝が暴室に毎日薬と食事を運んだおかげで、秋宮は衰弱していたが命を奪われるほどの怪我もなく、しばらく安静に過ごせばもとどおりに元気になるだろう。

翠蘭はぼんやりと、事の顛末を思い返しながら、乾清宮の交泰殿で義宗帝を待っていた。

義宗帝に午後の伽を命じられ、手順を踏んで、ここにいる。

——髑髏を埋めたのは尹玉風で、彼女こそが〝道士の娘〟であった。

伯母の尹雨桐からの手紙の字が別人のものであったことに疑問を抱いて後宮に来たのだそうだ。なかなか会ってくれない雨桐の存在に疑いを持ち、雨桐の生き霊を呼び戻すための家宝の壺と称してこっそり持ち込んだ髑髏を使って呪術を行ったのであった。

と、玉風はそう言っていた。

それを聞いたのは義宗帝と翠蘭だけで、ふたりはその事実を「なかったこと」にして、髑髏を壊した。

生き霊を呼ぶために共に埋めた、雨桐が使っていた木櫛を見つけたのは淑妃で、彼女は翠蘭に木櫛を渡し、以降は口を噤《つぐ》んでいる。

扉が開き、義宗帝が入室する。

「陛下……」

拱手をすると、義宗帝の後ろから、愛らしい顔がぴょこりと覗く。

「来たのね。昭儀」

「淑妃さま」

——伽を命じられたのは、私ひとりではなかったの？

淑妃は、素肌に義宗帝のものである黒地に龍の刺繍の寝衣《しんい》を一枚だけ羽織っている。なまめかしい姿であった。

淑妃は、ゆっくりと翠蘭の側に歩いてくる。纏足の足が布沓に包まれている。襦裙は脱いでも沓は脱がない。それがまた妙に背徳的に美しい。

「昭儀。あなたを呼びだしたのは、陛下ではなく、私なの。一緒に楽しんでもらいたくて。あなたとだったら、きっといろんなことができる」

倒れ込むように翠蘭の身体に寄り添ってくるから、翠蘭は淑妃を抱きとめるしかない。

「……記録をする宦官たちは薬を飲ませたから、うたた寝をしている。内緒よ。でもあまり大きな声を出したり、あまりにも静かすぎると、気になって、起きてしまうかもしれない。気をつけて——」

と耳元で淑妃がささやいた。

固まったままの翠蘭に、淑妃がくすくすと笑う。

「そのままでいいわ。いいでしょう？　陛下。私に、陛下の寝殿で昭儀の服を脱がせて、すべてをあらためる喜びを与えてください」

「許す」

手短に話が進んでいるが——待って欲しい。

翠蘭はなにひとつ許していないのに、淑妃は翠蘭に「寝殿に連れていって」と身体を預けて寄こすのだ。

どういうことかと頭のなかでくるくると思いを巡らしていると、やっと義宗帝が側に来て無言で紙を差しだした。

そこには〝秘密裏にここを出て、院試試験の不正を糺すための調査を外廷で行え〟と書いてある。ぽかんと口を開け見返したら、次の紙が出てきた。

〝いざというときのための隠し通路がある。出ていった先に刑部尚書官の胡陸生という男が待っている。その者に言われたことをせよ。夜までに戻れ〟

なにがどうなっているのかと思うが――命じられたら、翠蘭は従うしかないのである。

そうして義宗帝は、翠蘭と淑妃を寝殿に連れだした。

入室すると、淑妃が翠蘭の腕から逃げ、寝台に寝そべる。

義宗帝は、以前、翠蘭が潜んだことのある、龍の細工が施された柘植《つげ》の大きな棚の戸を開けた。屈んで、床の板の一部を引き上げる。ぽかりと四角い穴が空いた。床下に続く抜け穴のようである。

「え……あの」

義宗帝の冷たい指が翠蘭の唇に触れる。声を出すなという意味だろう。覗き込むと、石造りの狭い通路が続いている。両側は壁で、進む方向はひとつしかない。

「かわいいことだ。淫らな淑妃のふるまいに、声も出せないらしい。その口を布でふさいであげよう。目隠しもしよう。淑妃はこういう、ふざけたことが好きだからな。――共に楽しめ」

誰に向かって話しているのかは――うたた寝をしながらも記録を続けようとしている宦官たちで、そして義宗帝は翠蘭の身体をぐっと押した。

仕方ないから、そのまま飛び降りる。間違いなく翠蘭に拒否権はない。

ぱたりと床がはめられた。見上げると、はめ込んだ床板の形に四角く光が零れ落ちているのが見えた。押しあげたとしても、開けてくれないことはわかっている。

――どうしろって言うんだ。これは。

聞きたいけれど、もう、行くしかないことも、わかっていた。

主要参考文献

『東京夢華録―宋代の都市と生活』孟元老 著／入矢義高 梅原郁 訳注　東洋文庫

◆この作品はフィクションです。実在の人物、団体等には一切関係ありません。

◆本書は双葉文庫のために書き下ろされました。

双葉文庫

さ-48-03

後宮《こうきゅう》の男装妃《だんそうひ》、髑髏《どくろ》を壊《こわ》す

2023年6月17日　第1刷発行

【著者】
佐々木禎子《ささきていこ》

【発行者】
箕浦克史
【発行所】
株式会社双葉社
〒162-8540 東京都新宿区東五軒町3番28号
[電話] 03-5261-4818(営業部)　03-5261-4833(編集部)
www.futabasha.co.jp(双葉社の書籍・コミックが買えます)
【印刷所】
中央精版印刷株式会社
【製本所】
中央精版印刷株式会社

【フォーマット・デザイン】
日下潤一

ISBN978-4-575-52672-1 C0193
Printed in Japan